Kokouvi Wolali Joseph Afatchao

Das Schicksal einer Flüchtlingsfamilie

Roman

© 2021 Kokouvi Wolali Joseph Afatchao

Verlag und Druck:
tredition GmbH, Halenreie 40-44, 22359 Hamburg

ISBN
Paperback: 978-3-347-25359-9
Hardcover: 978-3-347-25360-5
e-Book: 978-3-347-25361-2

www.tredition.de

Ich widme dieses Buch allen Flüchtlingen, die ihrer Heimat entwurzelt leben und darunter leiden.

Die Hoffnung enttäuscht nicht!

Und allen meinen Freunden und Bekannten in Deutschland sowie meinem verstorbenen Doktorvater Prof. Dr. Stephan Haering

INHALT

VORWORT

Es ist erlaubt zu träumen. Und so träumte ich von der Kirche in Europa, einer Kirche, die von den zerstörerischen Folgen der Säkularisierung erschüttert und durch den Verlust des Glaubens und den Mangel an Priestern bedroht war und wieder zu neuem Leben erwachte.

Ich sah ein Europa, das seine christlichen Bindungen und Wurzeln in einer erneuerten Kirche wiederfand, in der die Gläubigen die Freude an der froh machenden Botschaft des Evangeliums wiedererlangten, das von jungen afrikanischen Missionaren mit Inbrunst und Dynamik verkündet wurde.

Dank der ständig wachsenden Zahl von Priestern und Berufungen öffneten alle Kirchen, die einst aus Mangel an Priestern geschlossen waren, ihre Türen wieder, um die vielen Gläubigen, die das Haus Gottes füllten, willkommen zu heißen.

Der Hauptakteur dieser blühenden Wiedergeburt war ein eifriger Bischof, Sohn einer afrikanischen Flüchtlingsfamilie, die vor der Ungerechtigkeit und dem Elend in ihrem Heimatland geflohen war und Wald, Wüste und Meer durchquert hatte, um nach Europa zu gelangen, das als das Eldorado präsentiert wurde, wo Milch und Honig fließen.

Lebend aus diesem riskanten Abenteuer herausgekommen, verdienten MOKPOKPO und DJIGBODI ihren Lebensunterhalt in Würde mit ihrer Hände Arbeit in einem fremden Land, einem kleinen Dorf in Bayern. Endlich hatten sie ihr Glück gefunden. Sie brachten MOSE MAWUENA zur Welt, der durch die Kraft des

Schicksals der erste Schwarze Bischof in Europa und ein Reformer der Kirche in Europa sein sollte.

Seine Geschichte und die Strategie seiner reformierenden Pastoral sind in diesem Roman zu entdecken. Wir laden den Leser oder die Leserin ein, mit uns zu träumen und das Schicksal des ersten Schwarzen (afrikanischen) Bischofs in Europa mitzuerleben.

DIE ZEIT DER ENTSCHEIDUNG

Der Tag war gerade mit wenig Freude zu Ende gegangen. In diesem abgelegenen Dorf namens Elavagnon (es wird besser), das im Westen Afrikas im Busch liegt, wo die Ruhe und Gelassenheit des Abends unter einem Sternenhimmel ein paradiesisches, beneidenswertes Glück zu sein scheint, verbirgt sich eine Angst, die das Herz des Menschen quält und zu Schlaflosigkeit führt.

Schwere Gedanken über die Ungerechtigkeit des Lebens und die Suche nach dem Glück wechseln sich ab und verstärken das Gefühl, entweder als Besiegter oder als Verlierer zu leben, indem man diesen Zustand akzeptiert, oder sich als Sieger zu sehen und einen Weg zu wagen, dessen Tunnelende nicht abzusehen ist und der viel zu lang zu sein scheint.

Angesichts dieser Tatsachen weckte der junge MOKPOKPO (HOFFNUNG) spät in der Nacht, nach einem Tag harter Arbeit und intensiver Müdigkeit auf dem Kakao- und Kaffeefeld, das aufgrund der Regenarmut eine schlechte Jahreszeit andeutete, seine Frau DJIGBODI (GEDULD) und informierte sie über seine Entscheidung, fortan als freier Mann zu leben, der dem Stern seines Schicksals folgt, statt in seinem Elend gefangen zu sein oder in Feigheit zu leben.

„DJIGBODI", sagte er:

„Wir wurden geboren, um glücklich zu leben, wir wurden geboren, um eine Hoffnung für andere zu sein. Wir wurden geboren, um zu glänzen. In diesem Tal des Schattens und der Unsicherheit ist kein Opfer zu groß, um endlich unsere Freiheit und Unabhängigkeit zu erlangen. Leben oder sterben, so lautet unsere Devise, denn der nicht hofft, ist bereits tot, und derjenige, der nichts wagt, hat nichts".

Nach diesen entschlossenen Worten antwortete DJIGBODI ihrem Ehemann:

„Ich bin bereit, mit dir jegliches Opfer zu bringen, wohin du auch gehst, ich werde an deiner Seite sein, wir werden die Wüsten gemeinsam durchqueren, wir werden mutig den drohenden Wellen des Meeres begegnen und wir werden glückliche Tage miteinander erleben."

Die Entscheidung, neu anzufangen auf der Suche nach einem besseren Leben, wurde mit Mut und Entschlossenheit getroffen. Zusammen knieten die beiden nieder und vertrauten die ganze Reise dem dritten, unsichtbaren Mitreisenden an, der sie begleiten sollte. Da sie eine solide christliche Wurzel hatten, war ihr Glauben an einen mächtigen Gott, der Situationen ändert und die Wüste zum Blühen bringen kann, unerschütterlich.

Früh am Morgen erzählten sie ihren Eltern von ihrem nächsten Abenteuer, und durch Mundpropaganda wurde das ganze Dorf darüber informiert. Für einige war dies eine gefährliche Reise, andere sahen es als Glück, denn das Glück von einem ist die Hoffnung von zehn. MOKPOKPO und DJIGBODI ließen sich weder von der Meinung der einen noch der anderen entmutigen. Alles war für die Reise bereit. Sie hatten einen eisernen Willen und den Mut eines Löwen für dieses zweideutige Abenteuer.

Im Zeichen der Solidarität, die die afrikanischen Dörfer charakterisiert, gibt jeder in seiner Armut, um einen anderen reich zu machen. Also brachten Dorfbewohner Gari (Maniokmehl), Tapioka und andere Gewürze herbei, um sie den Abenteurern mitzugeben.

In dieser turbulenten Atmosphäre sprach der Weise, das heißt der Dorfälteste, zu ihnen:

„Meine lieben Kinder, ihr habt es euch nicht ausgesucht, in Afrika oder in diesem Dorf arm geboren zu werden, ihr habt aber das Recht, euch dafür zu entscheiden, nicht mehr in Armut zu leben. Euer Recht ist es, euch dafür zu entscheiden, als freie Menschen zu leben und Wege einzuschlagen, um glücklich zu sein, oder als Sklaven in Feigheit zu sterben. Nehmt euer Schicksal selbst in die Hand, denn manchmal braucht es eine gute Umgebung, um das Schicksal herauszufordern. Das Leben ist ein Kampf und nur Kämpfer mit Ausdauer gewinnen. Geht! Habt Mut! Geht die Schwierigkeiten an und schreckt vor Hindernissen nicht zurück. Ihr seid Afrikaner, ihr seid Helden. Mögen unsere Vorfahren euch begleiten. Aber vergesst nicht, woher ihr kommt, vergesst euer Heimatland Afrika nicht."

Nach diesen Worten erhielten sie den Segen der Ältesten der Dorfbewohner, die die Vorfahren anflehten und ihnen eine sichere Reise wünschten.

Die Trennung, der Abschied waren schwer; hier Tränen, Weinen und Traurigkeit, dort nicht endende Gebete voller Hoffnung, einer Hoffnung, die niemals enttäuscht wird.

Selbst wenn das Reiseziel Europa bekannt ist, bleiben die Wege dorthin rätselhaft, da niemand weiß, was durch die Straßen, die

Wälder, die Wüste und schließlich die Überquerung des Meeres alles passieren wird.

ABSCHIED VOM DORF

Das abenteuerlustige Paar machte sich auf den Weg, um von seinem Dorf zum neuen, noch weit entfernten Ziel aufzubrechen.

Mit dem wenigen Hab und Gut, das MOKPOKPO und DJIGBODI hatten, begannen sie ihre Odyssee.

Am Busbahnhof angekommen, um das erste Ziel in Richtung Mali anzusteuern, waren sie erstaunt, dort eine dicht gedrängte Menschenmenge zu sehen, die dem gleichen Ziel entgegenstrebte.

Ein paar Stunden, nachdem sie in den Bus eingestiegen waren, wurde alles still und ruhig. Die im Bus ausgegangenen Lichter machten die Atmosphäre noch bedrückender. Das Abenteuer beginnt, in einer Welt voller Unsicherheit, gemischt mit Hoffnung. Es wird sie entweder das Leben oder der Tod erwarten.

In dieser Ruhe ergriff Hypnos, der Gott des Schlafes, jeden Reisenden. Für einen kurzen Moment konnten sie ihre Sorgen vergessen und vor allem aufhören, darüber nachzudenken, was morgen sein würde.

Aber diese Ruhe war nur von kurzer Dauer. Ein hörbares Geräusch störte den Schlaf aller. Plötzlich sprangen alle mit großer Angst auf und fragten sich, was los sei. In diesem Chaos bat der Fahrer sie, dass sie sich beruhigten, und teilte ihnen mit, dass ein Reifen geplatzt sei.

Die Reise hatte gerade ihren Lauf genommen. Sie sollte nicht einfach werden, vielmehr sollte sie voller Überraschungen sein. Schnell stiegen alle aus dem Bus aus, um den Schaden zu beheben;

es dauerte etwa dreißig Minuten, bis die Reise fortgesetzt werden konnte.

In dieser Atmosphäre machten MOKPOKPO und DJIGBODI die Bekanntschaft von DODJI (MUT) und seiner Begleiterin DOGBEDA (BETEN), ihren Nachbarn, mit denen sie schnell ins Gespräch kamen.

Bei der gegenseitigen Vorstellung stellten sie fest, dass sie dasselbe Ziel hatten, nämlich ein besseres Leben im Land der alten Kolonialherren zu finden, die ihr Land als den Ort darstellten, in dem Milch und Honig fließen oder als die beste Welt, die es überhaupt geben kann, mit der Illusion, dass die Bäume dort Geld als Früchte tragen.

So erzählte DODJI seine Geschichte mit Tränen in den Augen und einem verwundeten Herzen über die Ungerechtigkeit der schlechten Regierungsführung afrikanischer Führer, die ihr Volk verachten und es in Armut stürzen, trotz des für alle ausreichenden Reichtums, den Gott Afrika gegeben hat.

Für ihn fehlte den Führern die Liebe zum Vaterland und er beklagte auch die Heuchelei der europäischen Führer, die Afrika zu helfen scheinen, während sie das Land in Elend und Armut stürzen. Sie legen Feuer, kommen aber wie Feuerwehrleute, um das Feuer zu löschen.

Angesichts dieser Heuchelei und allgemeinen Ungerechtigkeit, in der die Reichen und ihre Kinder zum Nachteil derjenigen, die arm geboren werden und arm sterben müssen, privilegiert sind, traf auch er die Entscheidung, sein Schicksal in die Hand zu nehmen und Winden und Meeren für eine bessere Zukunft zu trotzen, denn er hatte aufgehört, afrikanischer Staatsbürger zu sein, um Weltbürger zu werden.

Tatsächlich kämpfte DODJI nach seinem Universitätsstudium als der Beste seines Kurses in Wirtschaftswissenschaften trotz seines guten Abschlusses darum, einen Job zu finden. Er war seit Jahren arbeitslos, weil die Wahl der Einstellung nicht auf Verdienstkriterien oder dem Diplom basiert, sondern auf Kompromisskriterien und korrupten Beziehungen.

Mehrmals hatte er versucht, ein eigenes kleines Unternehmen zu gründen, aber leider fehlte es ihm immer an Unterstützung.

Man muss woanders sein Glück suchen, es woanders versuchen. Hier ist also sein Abenteuer auf der Suche nach einem besseren Leben.

MOKPOKPO, der aufmerksam und zutiefst traurig zugehört hatte, fand sich in dieser Geschichte wieder. Mit seinem Universitätsabschluss saß er nun in den Kakao- und Kaffeeplantagen, nachdem er auf legalem Weg nach Europa hatte kommen wollen und wiederholt ohne Erfolg versucht hatte, ein Visum für Europa zu bekommen. In seinem Herzen hatte er beschlossen, in Zukunft gegen Ungerechtigkeit und Korruption im politischen System seines Landes zu kämpfen.

Im Gegenzug erzählte DJIGBODI von ihrem Pech, dass sie trotz ihres brillanten Studienabschlusses zu Hause bleiben musste; in einer gerechten Welt hätte sie eine angenehme soziale Stellung bekommen. Sie selbst musste darauf verzichten, als Bankerin eingestellt zu werden, weil die Bedingungen, die mit dem Stellenangebot einhergingen, der Moral in ihrem christlichen Leben widersprachen und vor allem die Würde der Frauen nicht respektiert wurde. Für sie liegt der Wert der Frau in ihrer Fähigkeit, in ihren Überzeugungen respektiert zu werden und sich nicht verkaufen zu müssen, um Erfolg zu haben.

Ihre Motivation ist, dass sie sich ihren Lebensunterhalt im Schweiß ihres Angesichtes verdient und eine kämpfende Frau ist.

Die Situation von DOGBEDA, die ebenfalls im Bus war, schien anders zu sein: In der Tat war sie Analphabetin, das heißt, sie hatte nie in ihrem Leben die Gelegenheit, auf der Schulbank zu sitzen und schreiben oder lesen zu lernen. Sie wurde in eine sehr arme Familie hineingeboren, die es schwer hatte, sich einmal am Tag eine Mahlzeit zu beschaffen in einer Umgebung, in der man kein Wasser aus der Pumpe kennt.

Die Natur bot ihnen einen Bach an, dessen Wasser zum Kochen und auch zum Duschen diente, in demselben Bach wurde auch die Wäsche gewaschen. Der Mond, der selten schien, war das einzige Mittel, das Dorf zu erleuchten und Quelle der Freude im Einerlei des Tages und bei nächtlichen Erzählungen, um den Generationen, die nie das Privileg hatten, elektrisches Licht zu haben, Weisheiten zu vermitteln. Neben diesen Miseren hat der Krieg um den natürlichen Reichtum, den Gott in den afrikanischen Boden für eine gerechte und friedliche Welt zum Wohle aller gelegt hat, diese Ecke in einen permanenten Kampf von Stammes- und religiösem Unverständnis verwickelt, der Horrorszenen hervorbrachte: Geplünderte Häuser, getötete Männer, vergewaltigte und traumatisierte Frauen, die Zukunft Tausender unschuldiger Kinder zerstört, sie als Geiseln genommen und als Kindersoldaten eingesetzt. Das war auch bei unserer Abenteurerin der Fall. Sie trägt viele Verletzungen in ihrem Herzen.

Nach all diesen Gesprächen fühlte sich das Paar in seiner Entschlossenheit und seiner Motivation gestärkt, anderswo mit der Gnade Gottes zu versuchen, einen würdigen Lebensunterhalt zu verdienen.

Diese stärkende Motivation schien jedoch nur von kurzer Dauer zu sein. Es wurde 20 Uhr und die Fernsehnachrichten hatten gerade erst begonnen, als alle ihren Blick hoben, um den Nachrichten zu folgen.

Denn da wurde die dramatische Nachricht über den Untergang eines Bootes verkündet, das versucht hatte, von Marokko nach Spanien zu gelangen mit 213 Flüchtlingskindern und arbeitstüchtigen Erwachsenen verschiedener Nationalitäten an Bord, die alle Angst hatten, in ihrem eigenen Land zu leben und nun in ein fremdes Land unterwegs gewesen waren.

Die Grausamkeit und der Hochmut der Menschen, die nicht in der Lage sind, ihr Volk zu lieben und daran zu arbeiten, ihm eine gute Zukunft zu sichern, zerstörten hoffnungsvolles Leben, machten Träume zunichte. Ihre Körper waren jetzt Beute für Meeresfische.

Diese Nachricht machte alle Passagiere im Bus traurig und diejenigen, die sehr feinfühlig waren, konnten ihre Tränen nicht zurückhalten. Angst und Entmutigung machte sich allmählich bei unseren mutigen und entschlossenen Abenteurern breit, die noch nicht wussten, was mit ihnen geschehen würde.

Worte wie: aufgeben, aufhören, zurückkehren schossen ihnen durch den Kopf, aber das Herz sagte ihnen genau das Gegenteil.

Und so nahmen sie allen Mut zusammen, um die Reise fortzusetzen, und dachten über ihr Schicksal nach und über die Hoffnung, die sie für das gesamte Dorf, das sie gerade eben verlassen hatten, darstellten.

In dieser Stille durchlebte jeder auf seine Weise all die schlechten Erinnerungen, die sie mit intensiver Traurigkeit erfüllten, bis sie dann einschlummerten.

In einem Moment bemerkten sie, dass das Auto angehalten hatte und die Leute aufschrien und an einem abgelegenen Ort im Wald, in dem alles schwarz war, ausstiegen. Sie mussten sich einer neuen Etappe der Reise stellen.

Sie standen Räubern mit unmenschlicher Aggressivität, mit Waffen in der Hand gegenüber, die begannen, Menschen zu durchsuchen und ihnen ihren Besitz – Geld, Ketten, Perlen und auch Lebensmittel – wegzunehmen. Diejenigen, die Widerstand leisten wollten, wurden mit unbeschreiblicher Härte behandelt. Trotz der Tränen und Schreie, trotz der Bitte um Barmherzigkeit drückte sich die Boshaftigkeit dieser mürrischen Menschen, die ebenfalls Opfer politischer Ungerechtigkeit waren, in Gleichgültigkeit und einem kalten Herzen ohne Mitleid und Mitgefühl aus.

Nachdem sie sie ausgeraubt und bestohlen hatten, ließen sie die Leute traumatisiert in den Bus einsteigen.

Nach der Barbarei dieser Menschen ohne Herz, ohne Gesetz und Glauben wurde die Reise sanft fortgesetzt und die Hoffnung aller bestand darin, dieses Land zu verlassen, um endlich das Land ihrer Träume zu erreichen und sich langsam von diesen Ungerechtigkeiten und Unsicherheiten zu verabschieden.

Nach ein paar Tagen auf diesen mit Unglück und Kriminalität übersäten Höllenstraßen erreichte der Bus endlich sein Ziel.

Schnell stiegen alle aus und zeigten ihre Pässe, um die schmerzhafte Reise, die hinter ihnen lag, zu vergessen.

Doch dort wurden sie erneut mit der Korruption der Soldaten konfrontiert, die trotz der Legitimität von Pässen verlangten, dass die Passagiere einen Betrag zahlten, bevor sie die Grenze überschreiten konnten. Sie bezahlten das Geld, denn Hauptsache war, um jeden Preis über die Grenze zu kommen.

Das Übel der Korruption kommt zu all den anderen Problemen wie Krieg, Ungerechtigkeit, Diskriminierung, Günstlingswirtschaft, Vergewaltigung, Wilderei, Misswirtschaft und Unsicherheit hinzu, die diesen schönen Kontinent zerstören.

So waren unsere lieben Reisenden gezwungen, korrupt zu sein, indem sie dem Vorschlag der Korruption der geldgierigen Soldaten nachkamen, die die Ärmsten noch ärmer machten, um sich selbst zu bereichern.

Vor ihnen öffnete sich eine neue Etappe; mangels finanzieller Mittel musste die Reise eine neue Route einschlagen. Sie mussten den Wald durchqueren, um die Wüste zu erreichen und sich ihrem Ziel zu nähern. Die Gruppe bildete sich und aus Solidarität beschlossen sie, sich gegen das Böse zu vereinen, um aus ihrem Abenteuer als Sieger hervorzugehen.

Sie schritten mutig voran, indem sie ihre Reise wieder in die Hände des Schöpfers legten, jeder in seinem Glauben, zumal die Gruppe jetzt aus Christen und Muslimen bestand. Da sie Ausländer in einem fremden Land waren, mussten sie nach der Straße fragen, um sich nicht zu verirren.

Sie trafen sich auf einem Bauernhof mit Männern und Frauen, die die Erde mit rudimentären Geräten wie der Hacke unter sengender Hitze bestellten, begleitet von ihren Kindern, die wahrscheinlich nie die Chance hatten, eine Schulausbildung zu bekommen. Trotz allem sangen sie in ihrem Elend Lieder der Hoffnung auf eine gute Ernte.

Die Atmosphäre war gut, aber nicht sehr vielversprechend für die Zukunft, von der unsere lieben Abenteurer träumten. Sie näherten sich dem ältesten der alten Männer, indem sie ihn baten, ihnen den Weg zur Wüste zu zeigen.

Dieser sah die Traurigkeit und die Müdigkeit, die sich auf ihren Gesichtern ablesen ließ, und bot ihnen mit einladender Gastfreundschaft, wie sie das afrikanische Volk charakterisiert gegrillten Mais und Palmenwein an, damit sie sich ein wenig stärkten für die vor ihnen liegende Reise.

Mit großer Freude und großem Appetit aßen sie und machten sich Reiseproviant für ihren weiteren Weg.

Mitten im Essen fragte der alte Mann sie:

„Meine lieben Kinder, woher kommt ihr und wohin geht ihr?"

Ohne Umschweife antwortete MOKPOKPO:

„Lieber Papa, zunächst einmal danke ich Ihnen im Namen meiner Brüder und Schwestern für den herzlichen Empfang, den Sie uns bereitet haben.

Wir fliehen vor dem Elend und der menschlichen Ungerechtigkeit unserer Länder und machen uns auf zu einem unbekannten Ziel, das uns besser organisiert zu sein scheint, in Länder, in denen die Menschenrechte und die Würde aller Menschen garantiert sind und die Staatsoberhäupter zumindest ein wenig an das Wohl ihrer Leute denken.

Wir wollen unsere Würde wiedererlangen und durch die Früchte unserer Arbeit eine bessere Zukunft für unsere Kinder sicherstellen", fügte er hinzu.

Der alte Mann, der aufmerksam zuhörte und ihre Hoffnungslosigkeit und Verzweiflung spürte, wurde durch ihre Wehklagen bedrückt, versuchte ihnen aber einen Rat zu geben:

„Meine Kinder, eure Wahl, eine gute Zukunft zu haben ist lobenswert; euer Ideal, die Welt zu verändern und euren Nachkommen eine Zukunft zu sichern, ist bewundernswert. Euer Mut, dieses Abenteuer zu unternehmen, um ein Land zu finden, das ihr für besser haltet, ist bemerkenswert.

Aber lasst mich euch eines sagen: Nicht alles, was glänzt, ist Gold, und ihr müsst lernen, dort zu blühen, wo Gott euch hingestellt hat, denn ‚Dahoam ist Dahoam'.

Das Europa, das ihr erwartet vorzufinden und das die Kolonialherren uns als das irdische Paradies anpriesen, hat auch sein Leid, man nennt es Einsamkeit, Stress, Individualismus.

Macht euch mit der Erde vertraut, sie enttäuscht euch nicht. Organisiert euch und setzt all eure Kraft, all eure Energien und all eure Talente dafür ein, hier zu gedeihen und euch ein Paradies zu schaffen. Der Weg, den ihr eingeschlagen habt, ist gefährlich und verspricht nichts.

Glück ist nicht an einen Ort gebunden, es entsteht dort, wo man ist.

Geld macht nicht immer glücklich; in meinem Leben habe ich Reiche unglücklich und Arme glücklich gesehen".

Trotz all dieser weisen Ratschläge schienen unsere jungen Abenteurer ihre Meinung nicht zu ändern. Es galt, keine weiteren Fragen mehr zu stellen; sie sagten sich: Wie lange die Nacht auch sein mag, es wird wieder Tag werden.

Bei diesem Schritt bewunderte der alte Mann ihre Tapferkeit und ihre Entscheidung und reichte ihnen vor ihrer Abreise einige Kräuter, die die Macht hatten, die Gefahr wilder Tiere abzuwehren und sie nach den Überzeugungen der Ahnen vor Naturkatastrophen zu schützen. Denn der alte Mann glaubte an die Kräfte der Natur.

Dann erflehte er von den Ahnen für sie den Segen und zeigte ihnen den Weg.

Gestärkt durch diesen traditionellen Segen setzten sie ihre Reise fort und bereiteten sich im Geist auf das große Unbekannte vor, das vor ihnen lag. Und so gingen sie los.

DAS WALDABENTEUER

Nachdem sie einige Stunden unterwegs waren, kamen sie vor dem großen Wald an, der in die Wüste führen musste.

Ein dichter, dunkler Wald mit allem, was die Natur zu bieten hat, um Angst einzujagen. Es blieb nichts anderes übrig, als diesen Wald zu durchqueren. Sie waren weit davon entfernt, sich vor diesem monströsen Wald zu fürchten, vielmehr waren sie von dem Gedanken bestärkt, dass die schwierigsten Wege immer zu einem wunderbaren Ziel führen.

Sie gingen in den Wald, indem sie die Bäume, die Hindernisse auf ihrem Weg darstellten, fällten und mit der Vorsicht des Chamäleons auf alle Geräusche achteten und bereit waren, sich gegen alle für ihr Leben gefährlichen Tiere zu verteidigen.

Spät in der Nacht, als alles dunkel war und die Geräusche bizarrer Vögel zu hören waren, beschlossen unsere lieben Freunde, dem Stress dieser Durchquerung entgegenzutreten, indem sie eine kleine Party um ein Holzfeuer organisierten – in einem Kreis aus Schwefelpulver, das der alte Mann ihnen mitgegeben hatte.

In der Tat hält Schwefel, wo er ausgestreut wird, gefährliche Tiere fern.

In diesem großen Kreis begannen die Freunde, am Feuer mit dem Fleisch von Agoutis, die sie schnell gefangen hatten, zu feiern.

Das Fest wurde von Kriegsliedern und Lieder begleitet, die von Hoffnung sprechen, um sie zu stärken und sie ein wenig die schmerzhafte Reise, die sie hinter sich hatten, vergessen zu lassen und ihnen in einem gewissen Sinne die Angst vor dem Unbekannten zu nehmen, das vor ihnen lag. Nach den Liedern und Tänzen, nach dem Essen von gegrilltem Agouti-Fleisch überkam sie Müdigkeit und sie begaben sich in die Hände von Hypnos.

Sehr früh am Morgen, mit dem Aufgang der Sonne und dem Singen der erwachenden Vögel, nahmen unsere lieben Freunde den Weg des Abenteuers voller Entschlossenheit wieder auf. Bei ihrem Versuch, den Wald nach mehreren Tagen mit Hindernissen verschiedener Art endgültig hinter sich zu lassen, trafen sie am Ausgang des Waldes eine Gruppe von Reisenden, die gerade den großen Wald durchquert hatten.

Auch sie versuchten, durch die Wüste zu kommen, und hatten das gleiche Ziel: nach Europa zu gelangen.

Die Gruppe wurde somit größer und das stärkte sie in ihrem Beschluss, denn sie sagten sich: Gemeinschaft macht stark.

Schnell lernten sie sich gegenseitig kennen, so wie es jeder Afrikaner macht, der versucht, jeden Fremden als seinen Bruder oder seine Schwester zu sehen. Sie begannen, miteinander ihre Sorgen, die Abenteuer, die sie bis jetzt erlebt hatten, und vor allem ihr Vorhaben zu teilen.

Die Gruppe bildete sich, und das nächste Ziel wurde gemeinsam angegangen: vor ihnen die Wüste und dahinter das Meer vor ihrem Ziel.

Aber zunächst musste eine zweite Etappe gemeistert werden. Am Ausgang des Waldes atmeten alle tief durch, weil sie diese Prüfung gemeistert hatten, und dankten Gott, auch wenn sie bei

diesem Abenteuer durch den Wald einige Wunden davongetragen
hatten.

DIE WÜSTENDURCHQUERUNG

Aber die Freude, aus dem Wald zu kommen, war nur von kurzer Dauer. Die Wüste ist sehr groß und macht einen verlorenen Eindruck; niemand weiß, wo sie beginnt oder wo sie endet. Sie birgt ein Geheimnis in sich, indem sich die Stille durch menschliche Abwesenheit aufdrängt. Trotz dieser Angst, die die Wüste verbreitet, war sie doch auch eine Freude für unsere Abenteurer, die zum ersten Mal die Schönheit der Einfachheit der Natur entdeckten. Mit diesem zweifachen Gefühl von Angst und Neugier gingen sie schnurgerade durch die Wüste. Tagsüber nutzten sie das Sonnenlicht und abends entzündeten sie Feuer mit im Wald gesammeltem Holz, indem sie zwei Steine aneinander rieben, um das Feuer zu entfachen und sich auszuruhen. Manchmal fanden sie die Haut toter wilder Tiere oder hörten aus der Ferne das Brüllen wilder Tiere; manchmal begegneten sie auch Nomaden mit ihrer Karawane aus Kamelen und Rindern, die sich jedoch nicht um sie kümmerten.

Nächte und Tage gingen sie, sowohl unter sengender Sonne als auch in der Dunkelheit und der Frische des Regens, im heißen und staubigen Wind und trotz der großen Hitze, die ihre Schuhe aus Kautschuk zum Schmelzen brachte, sodass einige sich die Fußsohlen verbrannten. Und auch ungeachtet der Müdigkeit, des wiederholten Dursts und verschiedener Leiden gaben sie nicht auf.

Sie unterstützten sich gegenseitig, die Schwachen wurden von den Starken getröstet; die nicht mehr weiter konnten, wurden ermutigt, und diejenigen, die kein Wasser mehr hatten, bekamen von denen, die noch welches bei sich hatten.

In der Schwierigkeit traten Solidarität und gegenseitige Hilfe zutage, Brüderlichkeit wurde konkret und hatte Vorrang vor Individualismus.

Alle waren sich einig und wollten ihr gemeinsames Schicksal verteidigen. Niemanden wollten sie in der Wüste sterben sehen. Selbst wenn die Kinder auf dem Rücken ihrer Mütter ihren Schmerz durch Weinen und Schreien zum Ausdruck brachten, hinderte sie nichts daran weiterzugehen, denn das angestrebte Ziel war edler als die Leiden der Gegenwart. Um sie ihren Schmerz vergessen zu lassen, sangen sie, um ihre Motivation zu stärken.

In dieser Atmosphäre entdeckten sie von Weitem bewaffnete Männer, Terroristen, die mit kriegerischer Absicht auf sie zukamen. Da sie keine Möglichkeit hatten, sich zu verteidigen, überließen sie sich ihrem Schicksal.

Diese Terroristen kreisten die Gruppe ein, der rund hundert Menschen angehörten, darunter Kinder, Frauen und Männer. Ihr Anführer begann auf Arabisch zu sprechen, eine Sprache, die in der Gruppe niemand verstand außer einem 60-jährigen Mann, dem alten SIRIKOU, einem frommen Muslim, der bei seinem stündlichen Gebet die Gruppe der Gegenwart Gottes anvertraute und dank seiner geografischen Kenntnisse die Gruppe anführte.

Er wurde sofort von den Terroristen bemerkt, die ihm Befehle für die Gruppe gaben.

Der erste Befehl war, Frauen und Männer voneinander zu trennen, was man dann machte.

Da diese Barbaren die Würde von Frauen verachteten und sie als Spielzeug betrachteten, versuchten sie, sie in Gegenwart ihrer

Ehemänner zu berühren und sie dann an einem abgelegenen Ort zu vergewaltigen.

Angesichts dieser Tragödien und Demütigungen reagierte der junge David, ein tüchtiger und mutiger junger Mann, der eine enttäuschende Geschichte als Vollwaise hinter sich hatte. Er stellte sich diesen Barbaren entgegen, die ihn packten und ohne mit der Wimper zu zucken vor den Augen aller enthaupteten.

Diese Horrorszene löste Empörung in der Gruppe aus und alle fingen zu weinen und zu schreien an. Das berührte allerdings diese Männer, die kein Herz hatten, nicht.

Im Gegenteil, sie ergriffen einige tapfere Männer, packten sie in ihren Lastwagen und fuhren mit ihnen in eine unbekannte Richtung davon. Einige nahmen sie als Geiseln und forderten von deren Eltern telefonisch Geld für ihre Freilassung.

Frauen wurden mit ihren minderjährigen Kindern in andere Autos gepackt, um als Sklavinnen verkauft zu werden. Der Traum, ins Eldorado Europas zu gelangen, ging für einige zu Ende. Der Tod zerstörte gerade ihren Traum.

Für andere nahm der Weg zum Land der Weißen eine andere Richtung, der länger als gedacht sein sollte.

Einige würden das Land, von dem sie geträumt hatten, nie sehen und sich gegen ihren Willen in einem anderen Land wiederfinden, von dem sie nie gedacht hätten, dorthin zu kommen. Umzukehren war unmöglich und schien keine Option mehr zu sein.

Also folgte jeder seinem Schicksal. Einige gingen, um auf den Feldern zu arbeiten oder Maurer zu werden, und wurden dabei unmenschlich behandelt. Andere wurden gezwungen, ihre Religion unter Androhung des Todes aufzugeben, indem sie Muslime wurden und sich terroristischen Gruppen als fanatische Verteidiger der Religion anschließen mussten.

Im Leben hat jeder sein Schicksal und dieses unterscheidet sich von dem eines anderen. Nicht einmal unsere Träume können verhindern, dass sich unsere Bestimmung erfüllt.

Die so schöne Gruppe brach durch das unglückliche Zusammentreffen mit den barbarischen und grausamen Männern im Nu auseinander und jeder begann wieder für sich ein nicht geplantes Leben. Das Unglück eines Augenblicks erschütterte die Anstrengung einer ganzen Zeit und machte sie zunichte.

Doch MOKPOKPOS und DJIGBODIS Schicksal sollte sich auf eine Weise wenden, die ihresgleichen sucht.

Die Peiniger, angetan von ihrer Jugend , nahmen sie beiseite, um sie an den Sultan eines Nachbarlandes zu verkaufen, der Sklaven für seinen Dienst suchte. Damit begann für sie eine neue Etappe in Ihrem Leben.

DER AUFENTHALT BEIM MAROKKANISCHEN SULTAN

Das Leben ist ein ständiges Neubeginnen, und wie die Jahreszeiten mit ihren unterschiedlichen Ausprägungen aufeinanderfolgen, durchläuft das menschliche Leben auch Zeiten der Freude und des Unglücks. Nach Regen folgt Sonnenschein, so sagt man.

Diese Regel trifft auch auf das Schicksal unserer Freunde MOKPOKPO und DJIGBODI zu.

Nachdem sie die Tragödien und Schrecken mit den Terroristen in der Wüste durchlebt und den Schmerz der Trennung von ihren Mitreisenden erfahren hatten, lebten unsere Freunde weiterhin in Angst und Zittern und wussten nicht, was am nächsten Tag passieren würde.

Würden sie ihr Ziel erreichen? Bisher schien es vage, aber nicht unmöglich, denn Afrikaner lassen sich nicht entmutigen.

Unser junges Paar wurde in eine unbekannte Richtung geführt, wo es die Schönheit der Natur mit Blumen wiederentdeckte, die sich von der sandigen und langweiligen Wüstenleere unterscheidet.

Nach einiger Zeit standen sie vor einem schönen Haus, einem sehr schönen Haus, das fast einen Hektar groß war.

Vor der Tür begrüßten sie bewaffnete Männer, die sie in einen sehr großen Raum mit unglaublich kunstvollen Bildern führten, die die Größe des Menschen, der diese Werke geschaffen hatte, erahnen ließen. Wir befinden uns in einem der prächtigsten Häuser des marokkanischen Königreichs.

Nach einigen Minuten des Wartens in verdächtiger Stille kam ein junger Mann von stattlicher Größe und ernstem Gesicht heraus, der die neuen Sklaven ohne jede Geste der Höflichkeit, aber wie ein souveräner Herr begrüßte. Neben ihm eine sehr schöne junge Frau, die entsprechend muslimischer Regeln die dritte Frau und auch Hausverwalterin war. Sie musste die Hausherrin unserer unglücklichen Abenteurer sein.

Hinter ihrer Freundlichkeit und Schönheit verbarg sich ein sehr schlechter Charakter mit dem rassistischen Prinzip, Menschen mit schwarzer Hautfarbe zu hassen. Das Verhalten dieses Mannes und seiner Frau zeigten, dass Reichtum blind macht, wenn er andere in ihrer menschlichen Würde nicht achtet und sie als Menschen zweiter Klasse ansieht. Manchmal kann sich Reichtum auch als Arroganz äußern und anderen gegenüber unbarmherzig und gnadenlos sein.

Körperliche Schönheit ist zwar anziehend und verdreht vielen Menschen den Kopf oder lässt sie den Kopf verlieren, bleibt aber häufig oberflächlich. Eine schöne Frau mit einem verhärteten Herzen ist wie ein Tier, vor dem man sich fürchten muss. Manchmal ist Armut besser als Reichtum, wenn man dabei demütig und mitfühlend ist.

Die Vorstellung war kurz und knapp, die Hausarbeit mit den strengen Regeln, die im Haus herrschten, wurde übertragen.

Die junge DJIGBODI wurde mit Aufgaben betraut, die es ihr ermöglichten, die geheimen Orte des Hauses zu betreten, an denen diese Reichen leben. Sie konnte in ihre Schlafzimmer mit goldenen Betten und Kleidern aus Seide, den kostbarsten Möbeln aus libanesischem Holz mit sehr seltenen Kunstwerken eintreten. Sogar die Wasserhähne und ihre Duschen waren von unbeschreiblicher Schönheit.

DJIGBODI entdeckte darin die Eitelkeit des Reichtums, die Ungerechtigkeit, die manche Menschen sehr, sehr reich und andere sehr, sehr arm macht.

Sie war weit davon entfernt, von diesem manchmal aufgeblasenen Reichtum angezogen zu sein, viel lieber wollte sie in einem bescheidenen Reichtum leben, der die Armen weder vernachlässigt noch verachtet.

Am Morgen musste sie früh aufstehen, am Abend kam sie spät ins Bett und war immer der Bosheit dieser Dame ausgesetzt. Ein unruhiges und angespanntes Leben ohne Freude. Trotz des Reichtums, der im ganzen Haus herrschte, erschien das Leben dort traurig und düster in einer Atmosphäre, in der Einsamkeit herrschte. Die Kinder waren in ihrem Zimmer eingesperrt und hatten fast keine sozialen Kontakte und lebten daher ohne Sinn für menschliche Gemeinschaft. Ihr Kontakt beschränkte sich auf elektronische und technische Spielgeräte und auf virtuelle soziale Kontakte, die sie von der Realität des menschlichen Lebens und seiner Probleme fernhielten und sie unempfindsam gegenüber dem Leiden anderer kleiner Kinder machten, die unter der Belastung eines Lebens in Hunger, in Angst vor Krieg leben und Tag und Nacht ein Leben ohne Zukunft und ohne Pläne führen.

In dieser leblosen Atmosphäre sehnte sie sich nach ihrem Dorf und vermisste die himmlische Atmosphäre und die Freude, die dort herrschten. Diese Freude, wenn sich das ganze Dorf im Mondlicht um das Holzfeuer versammelt und im Rhythmus von Klamauk und Gongs singt und tanzt, während man der Weisheit der

Ältesten lauscht und Fabeln erzählt, in denen Tiere wie die Spinne, der Fuchs und der Löwe eine wesentliche Rolle spielen, um uns Moral und Ethik für ein tugendhaftes Leben zu vermitteln.

Der Kontrast war erschreckend. Hier der traurig machende Reichtum, dort die glückliche Armut. Die einzige Freude oder der Stern, der in diesem Haus leuchtete, war das kleine Mädchen SALIMATA. Sie war so zärtlich und unschuldig, dass sie keinen Unterschied zwischen Arm und Reich, zwischen Weiß und Schwarz machte. Wenn alle Menschen den Geist der Kindheit hätten, wäre die Welt ein Paradies.

Ja, sie allein machte unserer DJIGBODI Freude. Zwischen ihnen beiden hatte sich eine Herzlichkeit und Liebe entwickelt, die den kleinen Engel SALIMATA dazu brachte, immer wieder auf ihren Schoß zu hüpfen und manchmal trotz des Widerstands und der Ablehnung ihrer Mutter mit ihr im selben Bett zu schlafen.

Manchmal stellte das intelligente und neugierige kleine Mädchen Fragen wie diese:

Warum bist du so schön schwarz? Ich möchte auch so schwarz sein wie du. Was muss ich dafür tun?

Warum hast du dein Land verlassen?

Bist du hier glücklich?

Das Herz des Kindes war so sensibel und mitfühlend.

Solche Fragen haben die junge DJIGBODI mit ihrer Ebenholzhaut sowohl durcheinandergebracht als auch erstaunt, sodass sie manchmal antwortete, indem sie mit ihren schönen weißen Zähnen einfach nur lächelte.

Der junge MOKPOKPO war dafür verantwortlich, den Garten des Hauses zu verwalten und vor allem früh aufzustehen, um die Herden in den umliegenden Dörfern auf die Weide zu bringen, da die Familie viel Vieh hatte. Es war nur sehr selten im Haus. Aber manchmal traf sich das Paar und tauschte Worte der Ermutigung und Liebe aus, bevor sie sich am Abend für romantische Momente begegneten.

Alles sah schön aus, alles war himmlisch, solange der Teufel nicht in dieses Paradies zurückkehrte. Als praktizierender Muslim hielt der wohlhabende Sultan Gebetszeiten streng ein und gab fleißig Almosen. Aber wie wir auch wissen: Wo Gott gegenwärtig ist, ist auch der Satan nicht weit entfernt.

Da DJIGBODI regelmäßig das Zimmer des Herrn aufräumte und sie sich auch hin und wieder begegneten oder sich beim Essenservieren sahen, begann der reiche Sultan eine Vorliebe für diese junge Frau zu entwickeln. Er wurde nicht nur von ihrer körperlichen Schönheit verführt, die in der Tat e unwiderstehlich war, sondern auch von der Schönheit ihres Herzens und ihrer Menschlichkeit: Sie war süß, hilfsbereit, ruhig und respektvoll, all das, was Männer bei einer Frau suchen, um glücklich zu sein.

So begann eine große Versuchung für unseren reichen Sultan.

Er war durch die Schönheit von DJIGBODI geblendet.

Für die Liebe gibt es keinen Unterschied zwischen Rassen, auch nicht zwischen arm und reich, sie überkommt dich und nimmt dich ganz gefangen.

Allmählich wuchs diese verborgene Liebe und spiegelte sich in Gesten des Wohlwollens und süßer Worte, auf die DJIGBODI immer mit einem naiven und vorsichtigen Lächeln antwortete, um das Donnerwetter ihrer Herrin zu vermeiden.

Doch gerade diese Haltung von DJIGBODI ließ die Liebe im Herzen des Sultans stärker werden. Er litt unter der Gleichgültigkeit der jungen Dame und wurde krank. Plötzlich entwickelte er eine verachtende Haltung seiner Frau gegenüber. Er war längst nicht mehr so aufmerksam, fröhlich und freundlich ihr gegenüber, wie er es früher einmal gewesen war. Die Liebe zu seiner Frau verblasste, und etwas hatte sich in ihrem Haus verändert.

Je mehr die Tage vergingen, desto mehr wuchs in ihm die Liebe zu DJIGBODI, die er immer sehr schön fand; in schlaflosen Nächten plagte ihn die Versuchung. Nach reichlicher Überlegung nahm er all seinen Mut zusammen und beschloss, mit DJIGBODI über das, was mit ihm passierte, zu sprechen.

Eines Tages, als die junge Dienerin in Abwesenheit ihrer Herrin das Zimmer aufräumte, kehrte der verliebte Sultan in das Zimmer zurück und schloss die Tür ab.

Plötzlich begann er, der jungen Frau wild durcheinander Fragen zu stellen. DJIGBODI fand das alles sehr seltsam. Er näherte sich ihr, um sie zu berühren und in seine Arme zu nehmen, aber DJIGBODI wies ihn energisch zurück und versuchte zu fliehen.

Der Sultan blieb traurig und sehr nachdenklich auf dem Bett liegen. Das Verlangen war groß in ihm, aber er hatte die Gelegenheit gerade durch sein ungeschicktes und vergewaltigendes Verhalten verpasst. Um sich abzureagieren, verließ er das Haus mit seinem Auto, um in die Stadt zu fahren, damit DJIGBODI ihre Arbeit beenden konnte und jeder Verdacht ausgeschlossen würde, wenn seine Frau käme.

Nichtsdestotrotz gab es jetzt ein Geheimnis zwischen den beiden, über das sie beide schweigen sollten.

Des Nachts war das Mädchen beunruhigt, traurig und nachdenklich, sagte aber nichts zu ihrem Ehepartner, um einen Skandal zu vermeiden. Die Stille wog jetzt schwer in den Herzen dieser beiden, die wussten, was geschehen war. Um seine Integrität zu retten, versuchte der Sultan, als ernster Mann zu leben, damit seine Frau nichts bemerkte. Doch tief im Inneren fühlte er sich gedemütigt und war noch nicht bereit, sich besiegt zu fühlen. Für ihn war es der Beginn eines Kampfes, den er gewinnen würde; verlieren stand nicht auf der Tagesordnung, denn bei Eroberungen dieser Art hatte er noch nie verloren.

DJIGBODI ihrerseits war distanziert und vorsichtig geworden wie ein Reh, das von einem Löwen verletzt worden war. Sie wollte diese Szene nicht noch einmal erleben und traf alle Vorsichtsmaßnahmen, aber sie blieb fügsam und hilfsbereit.

Der Sultan seinerseits suchte eine andere Strategie, um die junge Frau in seinen Klauen zu haben. Also beschloss er, eine andere Taktik anzuwenden, indem er sein Geld aufs Spiel setzte.

Er sagte sich, das Mädchen ist in Not und kann dem Geld nicht widerstehen. In seinen Augen konnte man mit Geld alles und alles leicht haben. Er nutzte die Gelegenheit und spielte den netten Mann, indem er einen Umschlag voller Banknoten DJIGBODI zuschob und sagte:

„Nimm es an und ich werde dir deine Träume erfüllen, du sollst alles haben, was du willst: Ich will deinen Körper und ich werde dir geben, was dein Herz begehrt".

Nachdem die junge Dame über die große Versuchung, die das Geld ihr bot, nachgedacht hatte, erinnerte sie sich an das, was ihr Großvater zu ihr gesagt hatte:

„Meine Tochter, lasse es niemals zu, dass ein kurzlebiges Glück dem wahren Glück im Wege steht."

Und so sagte sie schließlich ein trockenes Nein zum Sultan. Das war eine zweite Demütigung für ihn und brach seinen Stolz. Was ihn zutiefst verletzte, war, dass diese Ablehnung, diese Zurückweisung von einer Armen kam, die er immer noch suchte und begehrte.

Der Plan funktionierte nicht und er wusste, dass Geld Grenzen hatte. Mit Geld kann man die wirklich wesentlichen Dinge wie Liebe nicht kaufen, vor allem nicht, wenn es um eine tugendhafte, kämpfende Frau geht, die ihre Würde schätzt und ihren Lebensunterhalt im Schweiß ihres Angesichts verdienen will und nicht mit dem Verkauf ihres Herzens.

Die Würde einer Frau ist nicht käuflich oder bestechlich. Armut ist nicht gleichbedeutend mit schlechtem Benehmen. Auch ein armer Mensch muss alles tun, um von anderen respektiert zu werden, weil er immer ein Mensch bleibt.

Nach dieser demütigenden Episode wollte sich der Sultan mit der moralischen Lehre, die ihm das arme Mädchen gab, nicht abfinden und weise werden. Um seiner Frau treu zu bleiben, suchte er von nun an nach einem Weg, sich an dem Mädchen zu rächen.

Da die Situation für ihn belastender wurde, konnte er es nicht mehr ertragen, die schöne Frau zu sehen. Also beschloss er, DJIGBODI aus dem Haus zu jagen und ihr Schaden zuzufügen.

Da also Liebe, oder besser gesagt, sogenannte Liebe, wie es hier der Fall war, in Hass umschlug, gab es nichts mehr, was ihn bremsen konnte. Begierde und Hass hatten sein Herz verdreht.

Also bereitete er sein Vorhaben gut vor. Eines Tages schien alles ruhig zu sein, für längere Zeit hatte er nicht mehr versucht, das Mädchen zu belästigen, auch war er wieder freundlicher zu seiner Frau geworden, um ihr Vertrauen zurückzugewinnen, damit sie ihn unterstützte, ohne dass sie jedoch etwas von seinem teuflischen Plan wusste. Alles war vorbereitet, er musste jetzt nur noch handeln.

Nachdem DJIGBODI an einem Tag die Hausarbeit beendet hatte, signalisierte der Sultan seiner Frau nach dem Mittagessen, dass in seinem Zimmer ein paar Goldketten und eine Summe von rund 20.000 Euro fehlten. Sie glaubte ihm sofort und wurde wütend. In ihrem Ärger stürmte sie auf DJIGBODI zu, die damit beschäftigt war, die Teller zu waschen. Sie schrie die junge Frau an und beschuldigte sie des Diebstahls. Vor Schreck verlor DJIGBODI ihre Stimme und konnte auf diese Provokation nicht reagieren; auf keinen Fall wollte sie einen Skandal riskieren. Plötzlich rief die Frau die Polizei an, damit sie DJIGBODI holte, um sie zu verhören und wenn möglich einzusperren, bis sie das Geld, das sie ja gar nicht genommen hatte, zurückgegeben hätte.

Wir leben nun einmal in einer Welt, in der die am stärksten Benachteiligten, die Schwachen und Ausgegrenzten und die aus der Gesellschaft ausgeschlossenen Menschen selten recht haben, so drückt es der berühmte Jean de La Fontaine in seiner Fabel „Die pestkranken Tiere" aus.

„Je nachdem, ob Sie mächtig oder gering sind, die Gerichtsurteile werden Sie weiß oder schwarz machen".

Auch das Opfer wird von den Henkern beschuldigt. Einer wird eingesperrt, der andere kommt frei. So ist die Welt des Bösen. So ist die Welt der Ungerechtigkeit. Alles scheint auf dieser Erde überall gleich zu sein. Sie flohen vor der Ungerechtigkeit in ihrem Land und fanden sie in einem anderen Land wieder.

DJIGBODI und MOKPOKPO waren wieder in einer schwierigen Situation und hatten nicht die Möglichkeit, sich zu verteidigen.

VON DER VILLA INS GEFÄNGNIS

Das Schicksal deckt alle Lebensabschnitte ab und nichts wird ausgelassen, wenn es wirklich wahr werden soll. Das Schicksal hatte unsere Abenteurer für kurze Zeit das Glück und seine Eitelkeit und Heuchelei schmecken lassen, dann zog es sich zurück, weil wir im Leben nie mit dem Lernen fertig sind. Wenn das zukünftige Glück groß ist, wird der Kampf grausamer, schwieriger und erfordert mehr Opfer; also muss man sich darauf vorbereiten.

Trotz ihrer Unschuld waren unsere Freunde im Gefängnis, da niemand ihnen glauben wollte. Die Reichen haben gesprochen und die Armen haben nichts zu sagen.

Geld hat auch dunkle Seiten. Es hilft, die Armen zu unterdrücken, es vertuscht Lügen und macht korruptes Handeln leicht. So viele der Schuldigen sind in der Gesellschaft frei, während den Opfern und Unschuldigen jegliche Freiheit entzogen wird.

Im Gefängnis trafen sie mehrere andere Gefangene, die größtenteils ungerechterweise inhaftiert waren, also für etwas, das sie nicht getan haben.

Die soziale Situation der Gefangenen war furchtbar und unmenschlich. Hunderte von Menschen schliefen in einem kleinen Raum und waren ohne jede medizinische Hilfe auf sich selbst gestellt. Das menschliche Leben ist für die Herrscher dieser Welt ohne Bedeutung.

In dieser ungesunden Atmosphäre fanden MOKPOKPO und DJIGBODI Zuflucht.

Um die sogenannte gestohlene Summe zu bezahlen, mussten sie sehr früh aufstehen und fünf Jahre lang für die Reichen arbeiten. In der Kälte wie unter der Sonne, Tag und Nacht machten sie sich mit Geduld und Ausdauer an die Arbeit, gestärkt durch inständige Gebete, und erwarteten das Ende dieser neuen Phase.

Die ganze Zeit arbeiteten sie unter der Last von Ungerechtigkeit und schlechter Behandlung bis zu dem Tag, an dem Gott für ihre Befreiung sorgte.

Während einer Pilgerreise nach Mekka, die jeder gute Muslim unternimmt, war der Sultan, nachdem er gebetet und sein Gewissen erforscht hatte, zum höchsten Führer gegangen, um all seine Sünden, seine Lügen, die versuchte Vergewaltigung und die Ungerechtigkeit, die er der unschuldigen DJIGBODI gegenüber begangen hatte, zu beichten.

Da Gott aber gerecht ist, wie es der Koran lehrt, riet ihm der Oberste Führer, sein Unrecht zu korrigieren und die Unschuldigen frei zu lassen und ihnen eine bessere Zukunft zuzusichern, damit der Zorn Gottes von ihm fern bliebe, da Gott nicht will, dass wir die Armen und Schwachen unterdrücken.

Als er wieder zu Hause war, tat er alles, was der Oberste Führer ihm gesagt hatte. Er rief den Polizeichef an und bat ihn, die unschuldigen jungen Leute freizulassen und erstattete ihnen eine große Summe, um sie für ihre Arbeit auf den Feldern und ihre Misshandlungen zu entschädigen. Ohne Frage haben diese ungerechten und korrupten Polizisten ihre Arbeit gemacht, da sie ihr Geld erwarteten.

Sehr schnell ließen sie unsere Abenteurer frei und gaben ihnen eine erhebliche Summe, die es ihnen ermöglichte, ihre Reise fortzusetzen.

Diese Nachricht wurde mit Emotion und Freudentränen sowie mit Dank Gott gegenüber aufgenommen.

Vor ihrer Abreise dankten sie auch jedem der Gefangenen, ihren Kameraden im Elend, mit denen sie schwere Zeiten durchgemacht und gegenseitige Ermutigung erlebt hatten. Sich voneinander zu trennen, war nicht einfach und voller Gefühle. Einige wurden ermutigt, auf ihre baldige Freilassung zu hoffen, denn so lang die Nacht auch ist, es wird immer wieder Tag.

Ohne weiter zu warten, packten sie ihr kleines Gepäck zusammen, nahmen das Geld und verließen den Ort, um sich ihrem Ziel Europa zu nähern. Sie machten sich auf den Weg in Richtung libysche Küste, um sich der großen Prüfung des Meeres, das überquert werden musste, zu stellen, um das Land ihrer Träume zu erreichen.

Geduld in Not zu bewahren, ist eine Haltung, die niemals unbelohnt bleibt. Die Gerechten und die Unschuldigen werden niemals bis zum Ende verlassen bleiben. Eines Tages geht die Sonne der Gerechtigkeit für immer in der Dunkelheit der Ungerechtigkeit auf.

Glücklich der ungerechte Mann, der sich als solcher erkennt und sein Leben ändert, um die Armen zu befreien. Es ist möglich, von seiner Sünde abzulassen, alles, was es braucht, ist ein fester Wille, denn jeder Mensch kann versucht werden.

AUFBRUCH VOM GEFÄNGNIS IN RICHTUNG LIBYSCHE KÜSTE

Die Fahrt ging weiter. Nach dieser unglücklichen Zeit öffnete das Gefängnis seine Pforten. Diesmal ging die Reise Richtung Mittelmeerküste.

Langsam, aber sicher näherten sie sich ihrem Ziel. Nachdem sie tagelang versucht hatten, Sitzplätze in einem Bus zu reservieren, fanden sie endlich Plätze, die Abfahrt konnte beginnen.

Sehr früh bei Sonnenaufgang sollte der Konvoi abfahren. Jetzt wurde der Aufenthalt beim Sultan mit seinen schönen und schweren Momenten Vergangenheit. Jetzt ging es entschlossen in die Zukunft.

Nach ein paar Gebeten mit gesenktem Blick, um die Reise in die Hände des Beschützers der Reisenden zu legen, nahm der Fahrer, ein Muslim, die Flasche Alkohol und trank ein paar Schlucke daraus, zog zwei schwere Waffen heraus, lud diese und sagte zu den Passagieren zugewandt:

„Liebe Freunde, diese Reise ist ungewiss und riskant. Entweder ihr kommt lebend oder tot an eurem Ziel an. Viele derer, die diese Reise schon vor euch unternommen haben, haben ihr Ziel nie erreicht. Sie sind in der Wüste begraben, aber dieses Mal kann alles anders sein."

„Nehmt euren Mut zusammen", fuhr er fort, „das ist die einzige Waffe, mit der ihr dorthin gelangen könnt. Entweder werdet ihr mutig dort ankommen, oder ihr werdet mutig sterben. In beiden

Fällen verliert ihr nichts, aber ihr müsst es versuchen, denn wer nicht wagt, gewinnt nicht. Es geht um die Menschenwürde".

Nach all den psychologischen, mentalen und spirituellen Vorbereitungen ging die Reise weiter. Durch Wüsten und Städte verlief die Reise sehr gut. Sehr oft entdeckten sie in der Wüste menschliche Knochen von Männern und Frauen, die trotz ihres Mutes ihr Ziel nicht erreicht hatten. Die Wüste war zum Friedhof von Fremden oder zum Ort der Nahrung für wilde Tiere geworden, die sich von menschlichem Fleisch ernähren.

Nach diesen Entdeckungen verdoppelte sich die Angst unter allen. Unsicherheit machte sich breit, und die völlige Stille im Auto unterstrich diesen Zustand noch. Nach einigen Stunden Fahrt musste der Wagen vor einigen Soldaten anhalten, die dastanden, um zu kontrollieren. Bedrohlich gingen sie auf das Auto zu. Um zu verhindern, dass die Reisenden mit Bosheit und Gewalt behandelt würden, ging der Fahrer BOUBAKAR, der die Gewohnheiten der Reise kannte, auf die Soldaten zu, machte Witze mit ihnen und drückte einem von ihnen unbemerkt ein paar Geldscheine in die Hand. Unmittelbar nach Erhalt der Geldscheine wurde die Atmosphäre fröhlicher und die zunächst gewalttätigen Soldaten schwenkten um und waren auf einmal sehr nett. Geld verändert das Verhalten der Menschen und beruhigt, es lindert Gewalt und bringt Sünde hervor. Wieder war Korruption im Spiel, um die Situation zu entschärfen. Diese ewige Korruption! Auf jeden Fall war das Ziel erreicht und die Passagiere konnten aufatmen.

„Anscheinend haben die Engel des Glücks unsere Abenteurer begleitet und diese Reise scheint anders zu sein als die anderen", bestätigte der erfahrene Fahrer.

Alles war in Ordnung, bis sie sich einer weiteren Herausforderung inmitten der Wüste stellen mussten. Das Auto musste mangels an Benzin an einem gefährlichen Ort anhalten. Das Benzin war aufgebraucht und der Fahrer musste zugeben, dass er in der Eile der Abfahrt den vorbereiteten Benzinkanister vergessen hatte. Die Fahrt wurde inmitten der Wüste, weit weg vom nächstgelegenen Ort unterbrochen. Was tun?

Es musste eine Lösung gefunden werden, denn für jedes Problem gibt es eine Lösung. Sie dachten darüber nach, das Auto in Richtung Abhang zu schieben, aber es schien absurd und schwierig, da die Wüste voller Sand ist. In ihrer Verzweiflung und Klage sahen sie in der Ferne ein Kamel mit einigen arabischen Kaufleuten, die auch auf Reisen waren.

Als diese sich näherten, wandte sich der Fahrer an sie und bat sie um ihre Hilfe, damit sie das andere Ende der Stadt erreichten und Benzin besorgen könnten. Aber die Reaktion dieser Männer war negativ. Sie mussten zu einem Ort gehen, der es ihnen nicht erlaubte, diesen unglücklichen Verlassenen in der Wüste zu helfen. Also gingen sie an ihnen vorüber. Aber der Fahrer gab nicht auf, er versuchte es mit Hilfe- und Alarmrufen, die im Falle einer Gefahr in der Wüste ausgestoßen werden.

Einige Momente später erhielt er Antwort auf diese Alarmschreie. Diesmal war die Antwort positiv. Es gibt auch gutherzige und mitfühlende Menschen auf dieser Welt, auch wenn alles vom Bösen beherrscht zu sein scheint. Er konnte auf eines der Kamele der Karawane steigen, um das andere Ende der Wüste zu erreichen, Benzin zu kaufen und zurückzukommen, um das Auto neu zu starten.

Er musste zwei Tage reisen und den Besitzer des Kamels bezahlen. Währenddessen blieben unsere glücklichen Reisenden Tag und Nacht in der Wüste, ernährten sich von Brot und Wasser und hofften auf die siegreiche Rückkehr des Fahrers, der gute Nachrichten ankündigte.

Nach seiner Rückkehr kehrte die Freude in die Herzen der Reisenden wieder ein, und die Reise zum geplanten Ziel konnte fortgesetzt werden.

Der Rest der Reise war ein außergewöhnlicher Moment, manchmal sangen sie Lieder der Hoffnung, lachten herzlich oder erzählten auch lustige Geschichten. Die Sorgen waren vergessen und sie lebten im gegenwärtigen Augenblick, ohne zu wissen, was morgen passieren würde.

Der gegenwärtige Augenblick ist das größte Geschenk, man soll ihn dankbar leben.

In diesem Bewusstsein reisten sie durch viele Länder und Landschaften mit hohen Palmen und fantastischen libyschen Bäumen, mit all der Schönheit, die dieser Teil des afrikanischen Kontinents bieten kann. Es war eine Zeit, sich von all dem auszuruhen, was traurig machen konnte.

„Für alles gibt es eine Zeit", sagte König Salomo – es gibt einen Anfang und es gibt auch ein Ende.

Die Reise endete nach der Durchquerung der lybischen Wüste dort, wo die Flüchtlinge untergebracht sind, während sie auf die Einschiffung nach Europa warten.

WARTEN AUFS EINSCHIFFEN

Die Ankunft in der libyschen Stadt war eine echte Befreiung. Mit Liedern des Dankes haben unsere lieben Abenteurer zum ersten Mal seit Beginn ihrer Reise die natürliche und freudige Atmosphäre wiederentdeckt, die eine Stadt auszeichnet.

Überall Menschen auf den Straßen. Kaufleute und Händler mit den Marktgeräuschen, dem Blöken der Kühe hier und den Schafen dort. Der Geruch von Gewürzen, das Gelächter und manchmal auch die Streitereien, all das schuf eine lebendige Atmosphäre.

Durch ein mühsames Sich-durch-die-Märkte-Schieben erreichten unsere jungen Abenteurer den Ort, an dem diejenigen untergebracht sind, die das Meer überqueren möchten, um nach Europa zu gelangen. Auf dem Portal des großen Zentrums steht geschrieben: „Wer nichts wagt, der nichts gewinnt".

Das Stadtzentrum wird von allen Nationalitäten Afrikas und auch anderen Ländern bevölkert. Man trifft Kinder, schwangere Frauen, Männer und Jungen jeden Alters. Ein sehr schmutziger Ort, an dem es täglich nur eine Mahlzeit gibt und diese nichts anderes ist als Brot.

Diejenigen, die nicht das nötige Geld, etwa 2000 Euro, haben, um die Reise zu machen, werden als Sklaven verkauft und müssen auf den Feldern arbeiten oder für eine bestimmte Zeit die Tiere in der Wüste weiden, um sich die benötigte Geldsumme zu verdienen. Aber manchmal sterben Menschen aufgrund der unmenschlichen Behandlung, die sie erlitten haben, noch bevor sie das nötige

Geld beisammenhaben. Junge Mädchen geben sich der Prostitution hin und manchmal sogar schwangere Frauen, die nicht mehr wissen, wer sie geschwängert hat, nur um ihr tägliches Brot zu verdienen. Kinder werden zur Arbeit gezwungen, um ihre Eltern, die nicht mehr können, zu ernähren. Diese Welt ist voller Elend und Bosheit. Worte wie Mitleid, Mitgefühl, Hilfe kennt man nicht, haben keine Bedeutung. Der Mensch zählt weniger als die Tiere. Ein trauriges Bild; das Leben an diesem Ort hat keine Zukunft. Die Schwächsten sterben in ihren Zimmern ohne Bett oder leben wie in einer Sardinenbüchse zusammengedrängt.

In dieser düsteren Atmosphäre wurde Solidarität zwischen den Abenteurern sehr großgeschrieben. Trotz der Armut teilten sie das Wenige, das sie hatten, und auch die Stärksten im Geist ermutigten die Schwächsten mit aufmunternden und hoffnungsvollen Worten. Denn auch die Armen haben immer etwas zu geben.

Unsere Neuankömmlinge in diesem Camp wurden herzlich willkommen geheißen. Sorglos spielten sie Tamtams und tanzten zu freudigen Liedern.

Mit dem Geld, das MOKPOKPO und DJIGBODI vom Sultan als Entschädigung erhalten hatten, konnten sie ein sorgloses Leben mit einer einfachen Unterkunft im Lager führen, und auch das Geld, um den Preis für die Bootsfahrt zu bezahlen, war bereits vorhanden. Auch das Schlechte hat etwas Gutes, so sagt man. Aber sie dachten nicht nur an sich. Sie halfen, indem sie ihr Brot einige Male mit denen teilten, die nichts hatten.

Trotz ihrer schwierigen Situation vergaßen sie auch ihre Eltern nicht, die sie zu Hause zurückgelassenen hatten.

Zum ersten Mal nach Jahren des Reisens konnten sie sie anrufen und ihnen Neuigkeiten überbringen und ein wenig Geld an ihre Eltern und die Ältesten senden, die sie vor ihrer Abreise gesegnet hatten und die sie nun baten, für den Rest ihrer Reise zu beten.

Die Botschaft wurde im ganzen Dorf mit großer Freude aufgenommen und die Menschen versprachen ihr Gebet.

Nach ein paar Tagen im Lager begannen einige, ihre Koffer zu packen, um das Meer zu überqueren, da für sie die Zeit gekommen war und die Voraussetzungen erfüllt waren.

Es war eine große Freude für diejenigen, die blieben und eine große Traurigkeit, gemischt mit Freude für diejenigen, die gingen. Sie waren glücklich, endlich das Lager des Leidens zu verlassen, aber die Zukunft, die vor ihnen lag, machte ihnen Angst.

Die Anrufe und Nachrichten derer, die bereits das Meer überquert und die Möglichkeit hatten, europäischen Boden zu betreten, stimmte sie nicht gerade hoffnungsvoll. Die Überquerung des Meeres ist gefährlich und viele erleiden dabei Schiffbruch. Auch die Verhältnisse und Lebensbedingungen in den Lagern in Europa sind trotz der Schönheit der Länder oft nicht erfreulich.

Aber diese Aufregung ließ niemanden den Mut verlieren, sondern bestärkte sie vielmehr darin, dass sie in ein paar Tagen endlich ihren Traum verwirklichen könnten, in Europa Fuß zu fassen und das Land zu sehen, in das gestern ihre Vorfahren gezwungen waren zu gehen und als Sklaven zu arbeiten, während es heute für ihre Nachkommen schwierig, ja fast unmöglich ist, dorthin zu gehen und dort Arbeit zu finden.

Für unsere Abenteurer ging alles sehr schnell. Im Lager trafen sie mit den Weggefährten zusammen, mit denen sie den Wald und die Wüste durchquert hatten, und jeder erzählte seine Geschichte und berichtete von seinen Missgeschicken.

Sie erinnerten sich an bestimmte Menschen, die unglücklicherweise gestorben waren und an andere, die geblieben oder in ihr Herkunftsland zurückgekehrt waren. Darüber waren sie traurig, sie lachten aber auch über lustige Ereignisse. Und am Ende verstanden sie, dass jeder sein Schicksal hat und angesichts dessen niemand das Warum und das Wie erklären kann.

Sie fanden den Reiseveranstalter, der Pastor war, und gaben ihm die geforderte Geldsumme für die Reise. Nach einigen Informationen über die Reise und deren Gefahren ermutigte der Pastor sie, den Mut Davids und den Glauben Abrahams zu haben, sich dem großen Goliath ihres Lebens zu stellen, den hier das Meer symbolisiert, um zu ihrem Glück zu gelangen. Sehr schnell war der Termin für die große Reise festgelegt.

DIE MEERESÜBERQUERUNG

Am frühen Morgen gegen fünf Uhr war das ganze Lager in Aufruhr. Leute, die reisen wollten, und andere, die nur kamen, um sie zu begleiten, belebten das Lager.

All diejenigen, die in das Schiff, das schon bereit war, einsteigen sollten, wurden gerufen. Die Wettervorhersage war gut.

Langsam kamen mehr als 400 Menschen, Männer, Frauen und Kinder, zusammen. Um das Angstgefühl, das einige befiel, zu vertreiben, versuchten der Pastor und der Imam, die Menschen mit Worten aus der Bibel und dem Koran zu beruhigen, indem sie sie einluden, mutig zu sein und Hoffnung zu haben, sich aber auch auf das Schlimmste, den Tod einzustellen.

Niemand konnte genau sagen, was in den nächsten Stunden passieren würde.

Jeder vertraute die Reise Gott an und so schrieben unsere Abenteurer MOKPOKPO und DJIGBODI Psalm 91 auf ein Blatt Papier, das sie als göttlichen Schutz um den Hals legten. Danach begann die Reise ganz ruhig mit der Schönheit des Ozeans, der so weit und ganz blau ist.

Alle beteten darum, die europäischen Küsten zu sehen und dort Fuß zu fassen. Nach ein paar Stunden war das Schiff im weiten Meer. Man sah kaum noch etwas. Das Schiff war ganz und gar von der unendlichen Masse blauen Wassers umgeben. In dieser Einsamkeit brach zu später Stunde ein Sturm aus, der das ganze Meer aufwühlte. Plötzlich waren Angstschreie zu hören. Das Schiff begann heftig zu schwanken, sodass einige ins Meer fielen und niemand ihre Angstschreie hörte. Jeder wollte sein eigenes Leben retten.

Für diejenigen, die ins Wasser fielen, war die Reise zu Ende trotz ihrer Versuche zu schwimmen. Sie sind zum Fraß von Riesenfischen geworden. Was für ein trauriges Schicksal!

Nach dieser turbulenten Zeit beruhigte sich alles wieder. Aber erst am nächsten Tag, als die Sonne aufging, bemerkte man, dass einige Menschen fehlten; sie waren leider ins Meer gefallen. Paare wurden durch den Verlust des Partners und ihrer Kinder voneinander getrennt, schwangere Frauen wurden im Meer begraben.

Weinen und Wehklagen waren bis zur Crew vorgedrungen, doch das nützte nichts. Es gab keinen Trost, denn jeder war vor dem Risiko der Reise gewarnt worden.

Um ihren Durst zu stillen, tranken einige Salzwasser aus dem Meer.

In diesem elenden Zustand und in dieser Atmosphäre des Tals des Todes wusste niemand, was die kommenden Tage bringen würden.

Die Tage vergingen, die Reise ging langsam ihrem Ende zu, aber die Schwierigkeiten hörten mit den Stürmen, den weiter sinkenden Zahlen an Reisenden nicht auf, bis dann die letzte Hürde kam, die sizilianische Küste zu erreichen.

Die italienische Regierung weigerte sich, das Schiff an Land gehen zu lassen. Endlose Verhandlungen begannen, es musste überlegt werden, wie man die Anzahl der Migranten auf die Länder aufteilte. Es galt, dort noch Tage lang auszuharren und zu warten; und obwohl das Ziel schon nahe war, kamen einige vor Kälte, Hunger und Erschöpfung um.

All ihre Anstrengungen und ihr Mut schienen vergeblich, weil sie ihr Ziel nicht erreicht hatten, und doch sind sie wie Helden gestorben, die im Leben etwas gewagt hatten.

Da man mit Geduld alles erreicht, gelang es den NGO in den Verhandlungen mit dem italienischen Staat, die Erlaubnis für das Anlegen des Schiffes im Hafen von Lampedusa zu bekommen. Der lang ersehnte Tag war gekommen, oder wie man oft sagt: Egal, wie lange die Nacht anhält, es wird wieder Tag.

Als diese schöne Nachricht bekannt wurde, freuten sich die Reisenden und applaudierten; sie umarmten sich mit Freudentränen in den Augen und sangen Freudenlieder. Einige weinten laut, um Gott dafür zu danken, dass er sie bis zum Ende vor dem Bösen bewahrt hatte.

Sie stiegen aus dem Boot und betraten zum ersten Mal mit großer Freude europäischen Boden. Schnell wurden die Schwächsten von den Sanitätern versorgt; alle bekamen eine Mahlzeit, um wieder zu Kräften zu kommen.

Der Empfang war herzlich und alles kündigte das kommende Glück an. Hier haben die Menschen eine Würde, man hilft sich und steht den Schwachen bei. Es ist die beste Welt, von der man träumen kann. Trotz des guten Eindrucks der Natur, der Schönheit und der Bereitschaft der Männer und Frauen, die Hilfe anboten, machte die Frische des Augenblicks alles schwierig: Es war extrem kalt.

Es war Winter, und für sie war es eine neue Erfahrung, denn nie hatten sie einen Winter erlebt. Trotz der Decken, der Socken und Handschuhe schien alles nicht auszureichen, um der Kälte standzuhalten. Sie sollten sich jedoch daran gewöhnen.

Nach einer kurzen Ruhe und Erholungspause wurde die gesamte Gruppe unter Polizeischutz an einen vorübergehenden Aufenthaltsort gebracht, bevor sie auf die Länder der Europäischen Union aufgeteilt wurden, was nach ein paar Tagen geschah.

Die Trennung war wieder einmal großartig und niemand konnte sich sein Bestimmungsland auswählen. Manchmal haben wir selbst keine Wahl, wir lassen die Vorsehung entscheiden.

Auch unsere Abenteurer MOKPOKPO und DJIGBODI, die gesund und munter waren, haben nicht aufgehört, Gott zu danken, der sie während der gesamten Reise zum Ziel begleitet und beschützt hat.

Obwohl angesichts der Sprache die Wahl auf Frankreich hätte fallen sollen, wurden sie ausgewählt, nach Deutschland zu gehen, was sie sich nie vorgestellt hatten.

Manchmal wählt Gott in seiner Liebe für uns bestimmte Dinge im Leben und manchmal müssen wir leiden und akzeptieren, was er für uns entschieden hat. Ohne zu murren akzeptierten sie die Wahl und wurden, wie so viele andere, zum Münchner Flughafen begleitet.

Eine Freude folgte der anderen; ihre Freude konnten sie nicht unter Kontrolle halten, denn ihr Mut, den Schwierigkeiten zu trotzen, trug bereits Früchte. Wer mit Tränen sät, wird mit Freude ernten. Sie entdeckten die Wahrheit der Worte der Vorfahren ihres

Landes, die ihnen sagten, sie sollten niemals im Leben aufgeben, weil manchmal das Glück und die Freiheit, die man sucht, nicht weit von dem entfernt ist, wo man angekommen ist und es ausreicht, einen Schritt zu tun, um sie zu finden.

Zum ersten Mal in ihrem Leben sollten sie mit dem Flugzeug reisen, um ihr neues Land und sicherlich das Land ihrer Bestimmung zu erreichen, denn das Schicksal braucht immer einen geografischen Ort, um sich zu offenbaren.

Nach einer ruhigen Reise landeten sie am schönen Münchner Flughafen. Die Schönheit der Stadt, ihre Sauberkeit sowie die Organisation und die Disziplin waren beeindruckend und waren anders als in all den anderen Ländern, die sie durchquert hatten. Wieder war die Begrüßung herzlich. Nach ein paar Begrüßungsworten in deutscher Sprache, die vom Direktor für soziale Angelegenheiten ins Französische und Englische übersetzt wurden, wurde jeder an seinen Aufenthaltsort verwiesen. Sie wurden daher in die Dörfer geschickt, um sich den anderen Flüchtlingen anzuschließen, die bereits das große Abenteuer des Todes oder des Lebens hinter sich hatten.

Schließlich erreichten sie ihr Ziel: sich dem Eldorado anzuschließen, in Europa zu leben in der Hoffnung, bald einen Job zu finden und im Schweiß ihres Angesichts in Würde für die Familie, die zu Hause geblieben war, ein Segen und eine Hoffnung auf ein besseres Morgen zu sein. Obwohl alles so schön zu sein schien, stellte das Sprachproblem bereits eine Barriere dar, die überwunden werden musste, um mit den Menschen kommunizieren und sich über ihre Anwesenheit wirklich freuen und in Rekordzeit einen neuen Job finden zu können.

So fanden unsere lieben Abenteurerfreunde Zuflucht in einem kleinen, sehr schönen Dorf. Die Schönheit dieses Dorfes macht die Ruhe und Stille in einer grünen Umgebung aus, vor allem gibt es hier sehr freundliche, einladende und christlich geprägte Menschen. Dieses von mehreren Flüssen durchquerte Dorf mit seinen Biergärten lässt von der guten Atmosphäre und dem ruhigen Leben der Menschen träumen.

Dieses schöne Dorf hat einen geografischen Vorteil: Mit regelmäßig fahrenden Zügen ist es mit den Großstädten München und Augsburg verbunden und verfügt über alle Supermärkte und alles, was man für ein friedliches und glückliches Leben braucht; vor allem aber gibt es in der Ortsmitte die wunderschöne Kirche St. Michael.

St. Michael ist der Patron dieses Ortes und soll das Dorf vor allen Gefahren beschützen, was noch einmal die Schönheit dieses schönen Dorfes, das Mering heißt, unterstreicht.

MERING, DAS NEUE ZUHAUSE

Ein neues Leben an einem neuen Ort hatte begonnen. Alles wirkte seltsam, fremd, auch der Lebensstil. Ruhig schlossen sich die Neuankömmlinge dem Auffanglager an, wo Flüchtlinge in einem abgelegenen Teil der Stadt in einer ruhigen und sehr sauberen Umgebung untergebracht waren. Geräusche gab es nur wenige, Menschen fehlten gänzlich. Aber in den Wohnungen waren, so wie es bei den Afrikanern üblich ist, Freude und Leben zu spüren.

Diejenigen, die schon länger da waren, begrüßten die Neuankömmlinge herzlich; sie kamen aus verschiedenen Ländern Afrikas und dem Nahen Osten. Freundlichkeit und Solidarität wurden hier gelebt. Jeder von ihnen hatte eine andere Geschichte zu erzählen, sie alle aber hatten etwas gemeinsam, nämlich eine große Portion Mut. Wie sagt man so schön: Wer glücklich sein will, braucht Mut! Mut zur Veränderung, Mut, neue Brücken zu bauen, alte Pfade zu verlassen und neue Wege zu gehen.

Sie freundeten sich untereinander an und waren bereit, sich gegenseitig zu helfen. Die Tage verbrachten sie in ihren Zimmern oder erkundeten das wunderschöne Dorf und die Umgebung.

Zu bestimmten Zeiten trafen sie sich dann wieder, um gemeinsam zu essen. Langsam gewöhnten sie sich auch an die deutsche Küche, die vor allem abends aus ein paar Scheiben Brot, Tomaten und Gurken zusammen mit Wurst besteht, im Gegensatz zu einem afrikanischen Abendessen, bei dem scharf und würzig gegessen wird.

Für ihren ersten Ausflug in das Dorf hatten unsere Abenteurer MOKPOKPO und DJIGBODI einen Besuch in der Kirche St. Michael gewählt, die das ganze Dorfbild prägt.

Im Stil des Barock ist das Innere der Kirche mit viel Gold und wunderschönen Darstellungen aus der Bibel ausgestattet. In der Kirche herrscht eine Atmosphäre, die zur Meditation einlädt.

In dieser göttlichen Ruhe zündeten unsere beiden Freunde Kerzen an, um Gott für seine Anwesenheit während ihrer gesamten Reise und insbesondere für seine Hilfe in den Schwierigkeiten, denen sie sich stellen mussten, zu danken, ihren Aufenthalt in diesem kleinen Dorf nun in seine Hände zu legen und ihn darum zu bitten, freundliche und gute Menschen zu treffen, die ihnen helfen könnten.

Als ihr Gebet beendet war und sie gerade die Kirche verlassen wollten, trafen sie einen großen Mann, der sie anlächelte, für einen Moment stehen blieb und anfing, mit ihnen auf Deutsch zu sprechen. Schnell bemerkte der Mann jedoch, dass die beiden nicht verstanden, was er sagte. Da er sprachlich begabt war, versuchte er, sie auf Englisch anzusprechen, bekam aber auch in dem Fall keine Antwort; als er hingegen anfing, französisch zu sprechen, bemerkte er die Freude auf den Gesichtern seiner Gesprächspartner.

Das Gespräch begann ganz zwanglos. Er lernte MOKPOKPO und DJIGBODI kennen. Pfarrer ANTHON, den sie gerade getroffen hatten, war der Pfarrer der Pfarrei; ein geschätzter, offener, und freundlicher Pfarrer, der bereits in Afrika gewesen und von der Fröhlichkeit der Leute dort begeistert war.

Schnell entstand eine Beziehung zwischen ihnen, der Pfarrer lud die beiden für den nächsten Sonntag zur Messe ein.

Mit Freude kehrten unsere Freunde nach Hause zurück und dankten Gott. Ja, manchmal werden unsere Gebete sofort erhört. Dies war hier der Fall: Kaum waren sie ausgesprochen, schon waren sie auch schon erhört worden.

Am Sonntagmorgen waren sie sehr früh in der halb vollen Kirche, die vor allem von Alten besucht war - junge Leute gab es nur wenige in der Kirche. Die Begeisterung für die Lieder war wenig ausgeprägt, hielt sich in Grenzen.

Nach der Messe trafen sie sich mit der ganzen Gemeinde in einem Raum, um Kaffee zu trinken. Dort stellte sie Pfarrer ANTHON der Gemeinde als Flüchtlinge und Neuankömmlinge in der christlichen Gemeinde vor. Mit Applaus wurden sie begrüßt und fühlten sich als Teil der Familie in einer Kirche, die keine Grenzen hat und in der der Unterschied in der Hautfarbe keine Rolle spielt. Man fühlte sich als Bruder und Schwester desselben Vaters.

Nach der Vorstellung wurden sie einem jungen Paar anvertraut, die Frau war Französisch-Lehrerin am Gymnasium. Sie sollte den beiden Privatunterricht in deutscher Sprache geben, damit sie sich besser integrieren könnten.

Ihre Freude war groß, eine Gastfamilie in ihrem Alter zu finden, mit der ihr Leben weitergehen sollte. Auch für die deutsche Familie war dies eine große Freude, vor allem war auch die Neugier da, durch sie die afrikanische Kultur und Mentalität zu entdecken. Glück, das man mit anderen teilt, verdoppelt sich.

In kurzer Zeit haben MOKPOKPO und DJIGBODI alles erhalten, was sie für ein erfülltes Leben brauchten.

Und so wurden unsere beiden häufig auch von dieser Familie eingeladen, mit der sie Ausflüge unternahmen, um Museen und Kirchen zu besuchen, an Konzerten teilzunehmen, beim Dorffest zu tanzen und Deutschkurse zu besuchen und die reiche deutsche Kultur zu entdecken.

So konnten sie im Laufe der Zeit bereits beginnen, Dialoge zu führen und auch die Predigten von Pfarrer ANTHON mehr oder weniger gut verstehen.

Dafür gaben sie alles und kein Opfer war zu viel, denn die Sprache hat Priorität, um sich im Land zu integrieren. Tagtäglich waren sie bemüht, im Radio Nachrichten in deutscher Sprache zu hören, Sprachübungen zu machen, das Wörterbuch durchzublättern und sogar Lieder auf Deutsch zu hören.

Nach diesen Opfern war das Ergebnis zufriedenstellend. Sie sprachen fließend die Sprache und die Integration verlief gut. Sie begannen mit Präsentationen über ihr Herkunftsland, erzählten von der Geschichte und Kultur ihres Landes und vor allem erzählten sie von ihren Motiven und Zielen, weshalb sie eine so riskante Reise über das Meer nach Europa unternommen hatten. Das Opfer zahlt sich immer aus. Und jetzt, da sie der deutschen Sprache mächtig waren, standen ihnen alle Türen offen. Im ganzen Dorf wurden sie eingeladen und überall fanden sie Freunde.

Da MOKPOKPO Lehrer war, wurde ihm von der örtlichen Behörde ein Posten als Nachhilfelehrer für Französisch angeboten, damit er sich etwas Geld für kleine Anschaffungen verdienen konnte.

Das war eine freudige Nachricht, und seine Frau DJIGBODI, die den deutschsprachigen Wettbewerb für Flüchtlinge gewonnen hatte, erhielt Mittel für die Ausbildung zur Krankenschwester an der staatlichen Schule mit der Zusage, am Ende der Ausbildung übernommen zu werden.

Jetzt war alles bereit, um die Bestimmung in ihrem Leben zu verwirklichen.

Die beiden fühlten sich im Dorf wohl, gewannen das Vertrauen der Dorfbewohner und konnten so immer mit deren Aufmerksamkeit und Großzügigkeit rechnen.

Bei all dem Glück, das ihnen zuteilwurde, haben sie es nie versäumt, ihren Mitmenschen zu helfen, die Schwierigkeiten mit der deutschen Sprache hatten. Sie waren bescheiden und solidarisch geblieben und hatten auch nicht vergessen, ihren Verwandten, die zu Hause geblieben waren, zu helfen, so wie die alten Männer ihres Landes zu ihnen gesagt hatten: „Vergesst nicht, woher ihr kommt."

In dieser Atmosphäre wollten sie auch mit Gott ins Reine kommen, zumal sie als Paar zusammenlebten, ohne jedoch eine christliche Ehe zu führen. Mit der Begleitung von Pfarrer ANTHON beschlossen sie, eine christliche Ehe zu schließen. Alles war gut organisiert, und dank der Hilfe von Freunden und der gesamten Gemeinde wurde es ein schönes Fest.

Afrikanische Gemeinden aus Nachbarstädten wie Augsburg und München waren bei der Feier anwesend. Alle tanzten zu Liedern mit afrikanischen Rhythmen. Es war sehr, sehr schön zu sehen, wie Männer und Frauen unterschiedlicher Kulturen und Herkunft zusammenkommen können. Es ist schön, zusammen zu leben und sich zu lieben.

Nach den großen Feierlichkeiten nahm das Leben wieder seinen normalen Verlauf. Die Integration unserer Freunde war bestens gelungen.

Sie fingen an zu arbeiten und Geld zu verdienen, was der Wunsch ihres Lebens war. Von ihrem Verdienst begannen sie, ein wenig beiseitezulegen, um ihren zu Hause gebliebenen Familien zu helfen, zumal sie von einem Haus profitierten, das ihnen der Bürgermeister von Mering angeboten hatte.

Sie hatten alles, um glücklich zu sein, da sie nach dem Rhythmus der Deutschen arbeiteten. Letztere arbeiten hart für ihren Lebensunterhalt. Sie stehen früh morgens auf und gehen spät abends ins Bett. Sie haben das Geheimnis der Arbeit verstanden, das Freiheit gibt.

DIE GEBURT VON MAWUENA, GETAUFT MOSE

Wieder einmal hatte das Glück MOKPOKPO und DJIGBODI besucht, das Glück, das sich jeder Mann und jede Frau, die an das
Sakrament der Ehe gebunden sind, wünschen, nämlich die Freude
der Empfängnis.

Kurz nach der Heirat bemerkte DJIGBODI, dass sie schwanger
war, und diese gute Nachricht wurde von ihrem Ehemann
MOKPOKPO mit so großer Freude aufgenommen, dass sie vor
Freude weinten.

Nach dieser schönen Nachricht überschüttete MOKPOKPO
seine Frau mit Liebe und Zuneigung, vor allem, indem er fürsorg-
lich und sehr aufmerksam ihr gegenüber war.

Eine treue Frau, die weiß, wie man sich in Glück und Unglück
verhält, ist sehr selten, und MOKPOKPO hatte die Chance, in seinem Leben auf eine gut erzogene und gottesfürchtige Frau zu sto-
ßen.

Die Solidarität der Freunde ließ nicht auf sich warten, zumal die
Frau der Gastfamilie ebenfalls im dritten Monat schwanger war.
Einige Monate später brachten beide süße Jungen zur Welt.

MOKPOKPO und DJIGBODI beschlossen, ihrem Sohn den
Namen MAWUENA (GOTT hat gegeben) zu geben. Mit Pfarrer
ANTHON wurde alles für die Taufe organisiert und es war eine
große Freude, als die beiden süßen Jungen an einem Sonntagmorgen nach der Messe getauft wurden. MOKPOKPO und
DJIGBODI gaben ihrem Sohn den Taufnamen MOSE, was so viel
bedeutet wie „aus dem Wasser gerettet zu werden", um Gott noch

einmal dafür zu danken, dass er sie geführt und beschützt hatte, das Meer zu überqueren und nach Europa zu gelangen. Es ergibt sich so eine weitere Gelegenheit, die Freunde zu treffen und miteinander Gott zu danken.

MOSES ERZIEHUNG

Die elterliche und familiäre Erziehung ist für das zukünftige Leben eines jeden Menschen von entscheidender Bedeutung. Die Familie ist der Ort, wo den Kindern das Wesentliche für ihr Leben vermittelt wird.

So wurde MOSE im christlichen Glauben erzogen. Er sollte verstehen, wie er Gott jederzeit und an allen Orten in Freude und Leid danken könne, er sollte wissen, dass alles von ihm kommt und ohne ihn nichts Gutes geschieht. Er sollte lernen, keine Unterschiede zwischen den Menschen zu machen und immer bereit sein, den Bedürftigen zu helfen und den Bedrängten nahe zu sein. Im Leben sollte er lernen, geduldig zu sein, weil alles zu seiner Zeit kommt und es vor allem Mut braucht, um in diesem Leben, das ein Kampf ist, zu bestehen.

Außerdem sollte er lernen, den Älteren gegenüber respektvoll zu sein, Großzügigkeit gegenüber den am stärksten Benachteiligten zu üben, sich in Demut seinen Erfolgen zu stellen, zu Fremden freundlich zu sein, sich selbst und seinen Freunden gegenüber treu zu sein sowie den Unterdrückten zu Gerechtigkeit zu verhelfen und zu wissen, wie man mit kleinen Dingen zufrieden ist und keinen übermäßigen Ehrgeiz pflegt.

Bei dieser Form von Erziehung entwickelten die Eltern in ihm zudem noch die Fähigkeit und die Kompetenz, mehrere Sprachen gleichzeitig zu sprechen, Französisch, Ewe und Mina – Sprachen des Heimatlandes –, außerdem Englisch und Deutsch. Ihm wurde alles eingeflößt, wovon Eltern träumen, damit ihre Kinder in die-

sem Leben erfolgreich sein können, indem sie sich den Schwierigkeiten und Momenten der Freude und Trauer stellen, die das Leben
bieten wird.

Tag und Nacht konnten sie sich mit Gottes Hilfe und menschli-
cher Weisheit als verantwortungsbewusste Eltern erweisen, um ihren Sohn auf den richtigen Weg zu bringen, und sie freuten sich,
dass ihr kleiner MOSE mit anderen afrikanischen und deutschen
Kindern zusammen aufwuchs und sich gut integrierte.

In der Schule erzielte er brillante Erfolge, seine Intelligenz ver-
blüffte die Lehrer und brachte ihm Bewunderung bei den Kameraden ein. Er hatte viele Freunde, die die Abende lernend mit ihm
verbrachten, um den Unterricht zu verstehen oder um miteinander
Hausaufgaben und Übungen zu machen. Darüber hinaus war er ein
fleißiger Ministrant, der heilige Dinge liebte und den Predigten der
Priester aufmerksam zuhörte und sie zu Hause wiederholte. In seiner Freizeit lernte er Psalmen auswendig und betete diese immer
wieder. Er hatte bereits eine Leidenschaft für Gott entwickelt und
liebte die Kirche Gottes von ganzem Herzen, da seine Eltern ihm
von den Wundern Gottes in ihrem Leben erzählten und ihn einluden, Gott in seinem Leben niemals zu vergessen.

Er wuchs heran und nahm mit seinen Freunden an allen traditionellen Festen des Dorfes teil. Bemerkenswert waren seine anste-
ckende Lebensfreude und die Art, wie er es verstand, sich mühelos
anzupassen. Kurz gesagt, er wurde von allen geliebt und jeder
wollte gerne mit ihm zu tun haben.

Mit Erfolg hatte er seine Grundschulzeit und auch sein Abitur
bestanden; der Weg zum Universitätsstudium stand offen.

MOSES LEBEN AN DER UNIVERSITÄT

Im Alter von 18 Jahren besuchte MOSE die Ludwig-Maximilian-Universität in München, wo er an der juristischen Fakultät studierte.

Die LMU ist eine angesehene und weltbekannte Universität, die durch ihre klassische und moderne Architektur mit großen Amphitheatern besticht. Die Flachreliefs an den Wänden stellen Gelehrte dar, die sich im juristischen Bereich ausgezeichnet haben. Die Bibliotheken beherbergen mehrere Sammlungen von Büchern, vor allem aus dem juristischen Bereich. Sie sind so ausgestattet, dass sie die intellektuelle Neugier der Studenten befriedigen und sie am Ende ihres Studiums zu renommierten Juristen machen.

Nun gehörte MOSE zu den Privilegierten, die in diesen Tempel des Wissens eintraten.

MOSE betrat das Vorzimmer der Gelehrten der Gesellschaft, um später selbst einmal zu den Bedeutendsten gezählt zu werden, die hier in dieser Universität registriert wurden.

Dieses Ereignis war für MOKPOKPO und DJIGBODI ein weiterer Grund, sich zu freuen. Zu ihrer Freude und ihrem Erstaunen wurde auch auf der Titelseite in der „Augsburger Allgemein" darüber berichtet. Diese Nachricht war eine Freude für alle, die die Zeitung lasen, manche staunten über die außergewöhnliche Intelligenz dieses jungen und gut aussehenden Mannes.

Manchmal wurde MOSES großartiger Erfolg zu einem Ansporn für Familien, in denen Kinder immer noch danach suchten, sich einen Weg in ein erfolgreiches Leben zu bahnen, indem sie sich Drogen und vorübergehenden Freuden hingaben.

MOSE war inzwischen das Gesprächsthema Nummer eins geworden, was seinen Eltern Bewunderung und Respekt im ganzen Dorf einbrachte.

Die größte Freude von Eltern ist es, zu sehen, dass es ihren Kindern gut geht und ihr Leben gelingt. Diese Freude konnte MOSE seinen Eltern wie einen Blumenstrauß anbieten, und die Eltern waren sehr stolz auf ihren Sohn.

Dann kam der Tag der Rückkehr an die Universität. MOSE war wieder in der schönen Universität, in der überall Menschen waren; die alten Kommilitonen begrüßten sich und erzählten von ihren Ferien; die neuen schienen ein wenig schüchtern zu sein, darauf wartend, neue Freunde zu finden.

MOSE fühlte sich ein wenig desorientiert und manchmal auch allein. Bei ihrem ersten Treffen in der Aula waren es 151 an der Zahl, die sich für das erste Studienjahr in Recht angemeldet hatten, und MOSE war der einzige Schwarze in der ganzen Aula. Das wurde natürlich schnell von allen bemerkt und blieb auch bei den Professoren nicht unbemerkt.

In seiner Schüchternheit begab er sich ein wenig abseits; viele Fragen schossen ihm durch den Kopf: „Werde ich dieses Studium schaffen?" Dennoch war in ihm alles ruhig, er zweifelte nicht an seinen Fähigkeiten und Stärken, denn ein Löwe vergisst nie, dass er ein Löwe ist.

Nach den ersten Anweisungen wurde das Universitätsjahr für eröffnet erklärt. Die Studenten wurden eingeladen, strebsam und fleißig zu sein, sich gegenseitig zu unterstützen und vor allem einander zu respektieren.

Von Tag zu Tag wurden die ersten Kurse interessanter, und nach und nach entdeckte jeder die Fähigkeiten des anderen.

Schnell fiel MOSE wegen seiner einschlägigen Fragen und Antworten über Gleichheit, Gerechtigkeit und seinen überzeugenden Beispielen über die Ungerechtigkeit dieser Welt auf, vor allem aber seiner Noten wegen, die ihm immer den ersten Platz bescherten.

Die Professoren waren von seiner Person begeistert, auch wollten alle Studenten seine Freunde werden, bis auf ein paar wenige, die es aus Stolz nicht ertragen konnten, einen

schwarzen Mann um Hilfe zu bitten. In weniger als einem Semester wurde er zum Star und alle sprachen über ihn. Aber in all der Bewunderung für seine Person blieb MOSE selbst einfach, demütig und höflich.

Er war immer der Beste, der Erste in seinem Kurs und so schloss er mit ausgezeichneten Noten ab, was ihm auch den Hauptpreis einbrachte, bester Student der Universität zu sein.

Am Ende seines Studiums, das mit einem Diplom in Jura abgeschlossen wurde, fand er das Vertrauen und die Unterstützung der Professoren.

Auf Anraten der Professoren wurde er sofort beim Gericht als Staatsanwalt für Fälle von Ungerechtigkeit eingestellt, um die am stärksten benachteiligten Menschen, die Ärmsten der Gesellschaft zu betreuen. Er wurde Abteilungsleiter und hatte viele Leute unter sich. In seiner Arbeit fiel er durch sein Fachwissen, seinen Respekt, seine Freundlichkeit, sein zielorientiertes Arbeiten und seine Ernsthaftigkeit bei der Arbeit auf. Er hat vielen Unterdrückten geholfen, Freiheit und Gerechtigkeit wiederzugewinnen und sich ihren Lebensunterhalt zu verdienen. Sein Engagement und sein Fachwissen haben ihm nationale Anerkennung eingebracht, häufig wurde er eingeladen, Konferenzen abzuhalten.

Zusätzlich zu diesen beruflichen Aktivitäten kümmerte er sich um Migranten und Flüchtlinge, gab ihnen Ratschläge und ließ ihnen sowohl materielle als auch menschliche Hilfe zuteilwerden.

Trotz seines Erfolgs hat er nie die Geschichte seiner Eltern vergessen, die unter unmenschlichen Bedingungen gegen Wind und Gezeiten kämpfen mussten, um einen Platz unter der Sonne zu finden. Von dieser Geschichte geprägt, scheute er keine Mühe, denen zu helfen, die sich in derselben Situation befanden. Er sammelte Kleidung und vor allem Schulmaterial, das er in sein Heimatland schickte, um besonders bedürftigen Kindern zu helfen.

Er gründete auch ein Projekt mit dem Namen „jedem Kind eine Zukunft". Zusammen mit seinen deutschen Freunden suchte er Paten, die sich um Kinder kümmerten, deren Eltern nicht die Möglichkeit hatten, ihre Kinder zur Schule zu schicken. Die Paten übernahmen für die Kinder die jährlichen Schulgebühren und begleiteten und unterstützten sie jeweils ihren Möglichkeiten entsprechend. Dieses Projekt trug seine Früchte: Arme Kinder haben es geschafft, zur Universität zu gehen, andere haben eine handwerkliche Ausbildung bekommen oder wurden in Ackerbau und Landwirtschaft ausgebildet, um Verantwortung zu übernehmen, glücklich zu leben und ihren Lebensunterhalt zu verdienen.

Er versuchte, den Menschen bewusst zu machen und sie dafür zu sensibilisieren, dass sie in ihrem Land etwas erreichen, indem er selbst Aktivitäten durchführte und an ihr Potenzial glaubte.

MOSES TURBULENTES GEFÜHLSLEBEN

Wie jeder Mann, der nach beruflichem Erfolg eine Familie gründen möchte, träumte auch der junge MOSE davon, eine schöne Frau zu haben, mit der er sein ganzes Leben lang glücklich sein und Kinder haben würde. Er hielt also Ausschau, um die Frau seines Lebens zu finden.

Eines Tages, wahrscheinlich der glücklichste Tag seines Lebens, auf einer Konferenz in Berlin, zu der er als Vortragender eingeladen wurde, begegnete er einer charmanten und verführerischen, sehr eleganten Frau, die sein Herz aufwühlte. Vom ersten Augenblick an, als er diese schöne Frau sah, wurde er in seinem Inneren durcheinandergebracht.

Die bezaubernde Schönheit dieser in Deutschland geborenen Frau zog ihn an und nahm ihn ganz gefangen. Er wurde verführt und sein Herz diktierte ihm nun, was er tun sollte. Seine Augen, seine ganze Aufmerksamkeit waren auf die schöne Dame gerichtet und er suchte nur noch nach Wegen, sich ihr zu nähern.

Bei einer Kaffeepause, in der sich die Leute kennenlernen konnten, war es die Dame, die MOSE treffen wollte, um mehr über die Entwicklungen zu erfahren, von denen er in seinem Vortrag sprach.

Für MOSE war dieses Treffen von der Vorsehung bestimmt und er sollte diese Gelegenheit nicht verpassen, eine Freundschaft mit der Person aufzubauen, für die sein Herz zu schlagen begonnen hatte.

Als sie so miteinander plauderten und von einem Thema auf das andere zu sprechen kamen, begannen sich die beiden Herzen füreinander zu interessieren, vor allem als MOSE gerade entdeckt hatte, dass er die verborgene Gabe in sich trug, Komplimente zu machen und eine Frau zum Lachen zu bringen.

Das gemeinsame Gespräch war sehr interessant, sodass sie nicht auseinandergehen wollten, doch das Ende der Pause war auch das Ende ihres ersten Treffens.

Da man das Eisen schmieden muss, solange es noch heiß ist, gab MOSE ihr schnell seine Visitenkarte, und die Antwort dieser schönen Dame ließ nicht auf sich warten. Auch sie gab ihm ihre Visitenkarte. Alles schien gut zu laufen, und so gingen sie glücklich auseinander in der Hoffnung, sich wiederzusehen.

Im Herzen eines jeden brannte das Feuer der Liebe, aber für den Moment galt es abzuwarten.

Nach der Konferenz trafen sie sich am Abend wieder, um ihre professionellen Diskussionen fortzusetzen, aber diesmal mischten sie romantische Worte dazwischen. Nachdem sie eine gute Zeit miteinander verbracht hatten, gingen beide glücklich und lächelnd auseinander.

Der Grundstein für ein schönes romantisches Abenteuer war gelegt. Die Kontakte und Treffen nahmen nach der Konferenz von Tag zu Tag zu, zumal die schöne Dame namens GLADYS auch nicht weit von Mering, nämlich in Mammendorf lebte. Schlaflose Nächte mit Liebesbotschaften über WhatsApp und endlos lange Anrufe folgten. Die Liebe hatte die Herzen dieser beiden erobert und ein Tag ohne Nachricht vom anderen, war ein Tag ohne Sinn.

Die Liebe wuchs und sie pflegten sie, indem sie miteinander romantische Ausflüge machten, gemeinsam zu Konzerten klassischer Musik und ins Kino gingen oder miteinander verschiedene Reisen unternahmen.

MOSE war Jurist und GLADYS Ärztin. Beide ergänzten sich und hatten fast die gleichen Ansichten und den gleichen Geschmack. Sie akzeptierten ihre Unterschiede und halfen sich gegenseitig.

Da die Liebe nicht verborgen bleibt, waren die Freude und Liebe, die diese beiden erfüllte, überall zu spüren. MOSE kam mit viel Freude und Enthusiasmus zur Arbeit, zu Hause erzählte er seinen Eltern von seiner romantischen Beziehung zu GLADYS, die diese Nachricht und neue Etappe im Leben ihres Sohnes mit Freude aufnahmen. Sie gaben ihm den Rat, sich um sie zu kümmern und sie glücklich zu machen. GLADYS besuchte die Familie und wurde eine Vertraute von DJIGBODI, die stolz auf sie war. Die Freude war in der Familie vollkommen.

Auch GLADYS war sehr fröhlich und behandelte ihre Patienten mit mehr Freude und Aufmerksamkeit. Sie war voller Liebe und das Beste, was ihr in ihrem Leben passieren konnte, war, sich verliebt zu haben.

Ihre Eltern, insbesondere ihr Vater, der eine führende Rolle in der bayerischen Politik spielte, spürten bereits diese freudige Veränderung im Leben ihrer Tochter, wussten aber noch nicht, wer es war, der ihre Tochter vor Freude verrückt gemacht hatte.

Die Eltern waren neugierig und ungeduldig, den charmanten Prinzen kennenzulernen, der ihre einzige Tochter mit Liebe verzauberte. Immer wieder stellten sie sich diesen Mann vor. Sie stellten sich vor, wie schön und gut er aussah, wie intelligent und elegant er war, welcher sozialen Klasse er wohl angehörte. An alles dachten sie. Aber nie wäre es ihnen in den Sinn gekommen, dass es ein Afrikaner sein könnte, der ihre Tochter den Verstand verlieren ließ. An alles hätten sie gedacht, nur nicht an das.

Unsere beiden Verliebten lebten ihre Liebe weiterhin sehr glücklich.

Eines Tages beschloss GLADYS, ihre ungeduldigen Eltern endlich damit zu überraschen, ihnen ihre große Liebe, die Liebe ihres Herzens, vorzustellen. Alles wurde mit großer Freude, in Erwartung dieser schönen Überraschung vorbereitet.

Am Abend, als alles ruhig war, parkte MOSE sein schönes Auto auf der Prinzregentenstraße 19, der Adresse der charmanten GLADYS, die mit ihrem schönsten Schmuck geschmückt und in ein wunderschönes weißes Kleid gekleidet war, um ihren charmanten Prinzen willkommen zu heißen. Sie begrüßte ihn mit Liebe und Freude. Aber diese Freude sollte nicht lange andauern.

Am Hauseingang begrüßte MOSE respektvoll GLADYS' Mutter, die sich sehr über ihren zukünftigen Schwiegersohn freute, vor allem, weil er elegant aussah und sehr gut Deutsch sprach.

Das Problem sollte der Vater sein. Er begrüßte ihn sehr kalt, weil er schockiert war zu sehen, dass seine Tochter mit einem Afrikaner zusammen war. Es war ein Albtraum für ihn, es war für ihn die Grenze, die nicht überschritten werden konnte. Er war völlig enttäuscht, wollte dies aber nicht sofort zeigen. Aber seine Gesten und Worte brachten das zum Ausdruck.

Die Atmosphäre schien mit Zurückhaltung fröhlich zu sein; wie jede Frau spürte die Mutter dieses Unbehagen und versuchte, alles zu tun, um die Situation zu retten. Mit weiblicher Aufmerksamkeit versuchte sie, ihrem Ehemann zu gefallen. Der Abend wurde so ohne Skandal gerettet, aber MOSE, der nicht naiv war und die Zeichen der Zeit und die menschlichen Gesten lesen konnte, verstand, dass mit dem Vater etwas nicht stimmte.

Er kannte die Ursache nicht genau, wusste aber, wie man als guter Diplomat das Spiel zu spielen hatte, um den Abend nicht zu verderben.

Alles lief gut, bis MOSE das Haus in Begleitung seiner schönen GLADYS verließ.

Nachdem MOSE weggegangen war, ging der Abend mit GLADYS und ihrem Vater weiter. Sehr wütend kehrte der Vater zu GLADYS zurück und begann, sie mit der Liebe eines Vaters zu bitten, ihn vor seinen Freunden nicht in Schande zu bringen, da er einen hohen Rang in einer politischen Partei hatte, die gegen Migranten kämpfte.

„Meine Tochter", sagt er, „guter Ruf ist besser als Reichtum. Ich habe dir alles gegeben, ich habe dich in meinen Armen getragen, ich habe dich aufwachsen sehen und mein Glück ist es, dich glücklich zu sehen. Du hast einen sozialen Rang, der es dir nicht erlaubt, bestimmte Dinge zu tun, denn der Adler schließt keine Freundschaft mit der Turteltaube und der Tag trifft niemals die Nacht. Ich weiß, so fuhr er fort, dein Herz spricht in dir, aber du musst in deiner Liebe argumentieren. Ich habe nichts gegen MOSE, ich habe nichts gegen die Farbe seiner Haut, aber die Afrikaner haben andere Mentalitäten, die sich von unserer unterscheiden, und es wird schwierig für dich, dich daran zu gewöhnen, und außerdem hat in unserer Familie noch nie einer einen Afrikaner geheiratet. Meine Tochter, du bist wunderschön und wirst jemand Besseren finden als ihn".

Mit seinen Worten und Argumenten versuchte er seine Tochter zu überzeugen, den aufzugeben, den sie liebte.

GLADYS hörte all seinen Worten mit gebrochenem Herzen. Sie wusste nicht, wie sie es ihrem Papa erklären sollte, wie MOSE sie glücklich machte und dass es für sie schwierig sein würde, ihn zu verlassen. Sie weinte die ganze Nacht.

Sie stand vor einem ernsten Problem: Entweder musste sie ihren Vater verlassen, um sich ihrer Liebe anzuschließen, oder aber ihre große Liebe lassen, um in der Gnade ihres Vaters zu bleiben. Alles war kompliziert.

Trotz der Versuche der Mutter, den Vater zu überzeugen, seine Tochter den Mann ihrer Wahl trotz der Unterschiede in Hautfarbe und Mentalität heiraten zu lassen, blieb der Vater auf seiner Position bestehen und war nicht bereit, mit sich reden zu lassen. Dieses Problem vergiftete die Geselligkeit, die in der ganzen Familie herrschte. Die Freude war verschwunden und jeder lebte auf seine Weise, während man auf eine Lösung wartete.

Diese Situation dauerte eine ganze Zeit an und trotz aller Bemühungen von GLADYS, ihre Beziehung zu MOSE aufrechtzuerhalten, beeinflussten die Worte und üblen Ratschläge, manchmal auch der Spott ihrer engsten Verwandten, vor allem der ständige

Einfluss ihres Vaters mit seinen Entmutigungen, ihre Liebe zu MOSE.

MOSE seinerseits hatte den Rückzug von GLADYS bemerkt und litt bereits tief in seinem Innersten. Er litt doppelt, nämlich unter der Ablehnung seiner Person und Herkunft sowie unter Liebeskummer.

Die Treffen wurden seltener, es gab nur noch kurze Anrufe und Worte der Zuneigung und Liebe erklangen nicht mehr. Alles wurde kälter. Je mehr Tage vergingen, desto mehr machte sich eine Leere breit.

MOSE wie GLADYS durchlebten ihre je eigenen Krisen mit Schlaflosigkeit und Appetitlosigkeit. Die gute Laune wich, Traurigkeit und Angst machten sich breit.

Trotz der Bemühungen, sein Unbehagen zu verbergen, hatte sowohl in der Arbeit als auch zu Hause MOSES Freundlichkeit gegenüber anderen abgenommen. Trost und Verständnis fand er nur bei seinen Eltern, die ihm versprachen, für ihn da zu sein und die versuchten, ihn aufzumuntern weiterzugehen.

Er hatte ein ernsthaftes Problem, ein gebrochenes Herz, die erste verlorene Liebe und darüber hinaus machte er die Erfahrung von Rassismus. All diese Schläge auf einmal.

Schließlich erlitt die Beziehung einen schweren Schlag und war dabei zu sterben. Ja, die Liebe stirbt wie eine Blume, die nicht gewässert wird.

Um sich von diesen emotionalen Krisen zu erholen, dauerte es Tage und Monate.

Die Zeit heilte die Wunden so gut wie möglich, aber es blieben Narben zurück, die ein Leben lang anhielten und die Sinne und das Leben und die Liebe von MOSE beeinträchtigten. Er sah sein Schicksal erschüttert, sein Traum, GLADYS zu heiraten, war zerbrochen. Er hatte keine andere Wahl, als das zu akzeptieren, was er nicht ändern konnte. Das Leben ist so, weil es Dinge gibt, die wir niemals ändern können, und alles, was erzwungen wird, wie Freundschaften, Beziehungen oder Liebe, macht uns nicht glücklich.

Um seine Schmerzen, seine Ängste zu vergessen, verbrachte er oft seine Zeit damit, auf der Orgel klassische und kirchliche Lieder zu spielen, oder er besuchte die Flüchtlinge, um sie in ihren Sorgen zu trösten und ihnen ermutigende Worte zuzusprechen.

Mit der Zeit gewann er seine Energie, seine Lebensfreude, seinen Humor und vor allem die Kraft zurück, wieder ein neues Leben anzufangen. Die Worte seines Vaters, der sagte:

„Wenn das Leben und seine Sorgen dich in ein Meer von Tränen stürzen lassen, hast du zwei Möglichkeiten: zu ertrinken oder schwimmen zu lernen",

haben ihn nie verlassen. Also beschloss er, schwimmen zu lernen, da das Leben voller Probleme ist und man sich mit Kraft und Ausdauer ausrüsten muss.

Auch GLADYS erholte sich von ihren Schmerzen und alles war jetzt Vergangenheit. Trotz der friedlichen Trennung hatte GLADYS die besten Liebeserinnerungen ihres Lebens mit MOSE. Sie würde es später einer ihrer Freundinnen, einer Bekannten von MOSE, gestehen, dass MOSE die wahre Liebe ihres Lebens war, auch wenn die Zeit dafür nur kurz war. Die beiden haben sich

Freundschaft bewahrt in der Unmöglichkeit, ihre Liebe in der Ehe zu leben.

Später würde GLADYS einen Deutschen heiraten, mit dem sie zwei hübsche Kinder haben sollte. Noch später ließ sie sich scheiden und blieb mit ihren Kindern allein.

MOSE seinerseits wollte nicht noch einmal ein gebrochenes Herz haben, und um sich seine Geduld und seine Ruhe zu bewahren, widmete er seine Zeit dem Bemühen, den Unterdrückten und Ärmsten zu Gerechtigkeit zu verhelfen, indem er sich um Flüchtlinge kümmerte. Alles war wieder normal geworden und der Schmerz der Trennung ließ Zeit für Freude.

Die Stärke eines Menschen besteht darin, sein Leben wieder in die Hand nehmen zu können und seinem Schicksal trotz der Misserfolge und Nöte einen Schubs zu geben, denn durch Schicksalsschläge macht man Erfahrungen für den Rest seines Lebens. Im Leben werden Beziehungen geknüpft oder auch wieder gelöst, da sie in Brüche gehen oder erschüttert werden können. Das Leben wird dich zum Weinen bringen, es wird dich aber auch zum Lachen bringen.

EIN NEUSTART IN MOSES LEBEN

Nach dem Regen kommt schönes Wetter, so sagt man. MOSE begleitete seine Eltern nach Altötting, einem weit bekannten Wallfahrtsort in Süddeutschland. An MOSES Geburtstag, einem sonnigen Sommertag, waren sie dorthin gefahren, um Gott zu danken.

Zahlreiche Pilger waren dort, um ihre Probleme und Sorgen der Schwarzen Madonna anzuvertrauen oder ihr für ihre Fürsprache oder die Wunder zu danken, die sie durch sie erfahren hatten.

In dieser Atmosphäre von Sammlung und Gebet, in der so mancher eine Kerze anzündete, andere vor dem Altar Blumen niederlegten oder Touristen durch die Verkaufsläden schlenderten, um schöne Rosenkränze oder Weihrauch für ihr Gebetsritual zu erstehen, beschlossen MOSE und seine Eltern, an der Mittagsmesse teilzunehmen.

In mit Freude vermischtem Erstaunen trafen sie einen jungen schwarzen afrikanischen Priester, der Hauptzelebrant war und eine große Freude ausstrahlte. Er wirkte sehr fromm und feierte mit Ruhe, Sammlung und Andacht die Messe. Außerdem hatte er eine sehr schöne melodische Stimme. Kurz gesagt, es war schön, ihn zu hören und zu sehen. Was aber besonders auffallend und bezaubernd war, war seine Predigt. In einem klaren und verständlichen Deutsch versuchte er, das Matthäusevangelium in seinem Kapitel 9, Verse 37 und 38, auszulegen, in denen es heißt:

„Da sagte er zu seinen Jüngern: Die Ernte ist groß; aber es gibt nur wenig Arbeiter. Bittet also den Herrn der Ernte, Arbeiter für seine Ernte auszusenden".

In seiner Predigt konzentrierte er sich auf den Mangel an Priestern, der die gesamte Kirche im Allgemeinen und insbesondere die westliche Kirche und vor allem die Kirche in Deutschland betrifft, wo die Priester immer weniger werden und junge Menschen nicht mehr Priester werden wollen.

Mit Intelligenz und Beweisen zeigte er, dass Europa sich von seinen christlichen Wurzeln entfernt hat, um sich dem Materialismus, Individualismus und Agnostizismus zuzuwenden. Der Glaube ist zu einer persönlichen Präferenz geworden, die nicht ohne schwerwiegende ethische, soziale und manchmal politische Konsequenzen ist. Europa ist zu einem Missionsland geworden. Die Kirchen sind fast leer oder zur Hälfte von älteren Menschen gefüllt. Junge Menschen ihrerseits vergessen nach ihrer christlichen Eheschließung den Weg in die Kirche; in der Kirche zu heiraten, ist beinahe zu einer Formalität geworden, die erfüllt werden muss, um in der Gesellschaft gut angesehen zu werden.

Kirchenaustritte finden vor allem entweder aufgrund der Missbrauchsfälle in der Kirche oder der Kirchensteuer wegen statt. An vielen Orten sind die Kirchen geschlossen und Wortgottesfeiern sind die Norm geworden, anstatt dass diese eine Ausnahme darstellen; außerdem sind die Seminare, in denen viele Priester ausgebildet wurden und dort waren, bis sie in die Missionsländer geschickt wurden, entweder leer oder geschlossen.

Die Situation ist alarmierend. Ein Grund könnte die rasch zunehmende Zahl an Muslimen sein, die durch Migration ins Land kommen. Die meisten von ihnen sind praktizierende Muslime. Angesichts dieser kirchlichen Herausforderung betonte er, müssten wir junge Menschen ermutigen, Priester zu werden. Und er fügte den berühmten Satz des emeritierten Papstes Benedikt XVI. hinzu:

"Junge Menschen, habt keine Angst, euch Christus zu nähern, er nimmt nichts weg, er gibt alles."

Am Ende der Predigt war MOSE von der Beredsamkeit dieses jungen Priesters zutiefst beeindruckt. Er gab ihm den Anstoß, selbst Priester zu werden. Vor allem aber war die Freude, die er ausstrahlte, ansteckend.

Während der Messe spürte MOSE einen Ruf, der ihn einlud, sein Leben zu geben, um Gottes Gute Nachricht als Priester zu verkünden. Doch er schenkte diesem Ruf keine große Aufmerksamkeit. Nach der Messe tat er alles, um mit dem Priester zu sprechen. Mit bemerkenswerter Freundlichkeit trat der junge Priester an MOSE heran, der ihn näher kennenlernen wollte. Sie machten sich gegenseitig bekannt und MOSE nutzte die Gelegenheit, um einige neugierige Fragen über die Geschichte seiner Berufung und das Geheimnis, den Grund seiner Freude, zu stellen.

MOSE wurde durch seine Geschichte aufgebaut und der Wunsch, Priester zu werden, begann in ihm zu wachsen. So wurden die beiden Freunde und blieben miteinander in Kontakt.

MOSE und seine Eltern verbrachten eine gute Zeit an dem Pilgerort. Glücklich und gestärkt im Gebet verließen sie mit einer Erneuerung des Geistes und neuer Kraft den Wallfahrtsort.

Am Abend organisierte MOSE ein Fest zu seinem Geburtstag, zu dem er seine Freunde und Bekannten einlud und dabei auch die Flüchtlinge nicht vergaß. Sie alle aßen mit Freude und tanzten zu den Rhythmen afrikanischer Lieder. Es war toll. Der Abend war perfekt und MOSE war überwältigt von der Freundschaft seiner Freunde. Sie unterstützten ihn mit ermutigenden Worten und vor allem durch ihr Dasein.

All das gab ihm viel Mut, seine Vergangenheit zu vergessen und weiterzugehen; vor allem die Verzauberung, die er durch den jungen Priester erfahren hatte, wirkte noch stark in ihm nach.

Ja, im Leben wird dich nicht jeder verlassen. Einige werden für kurze Zeit da sein, aber ihre Anwesenheit wird dir viel beibringen und dir Lebenserfahrung fürs ganze Leben geben. Wir müssen sie gehen lassen. Einige Freunde werden in Momenten der Trauer und in Momenten der Freude bei dir sein. Man nennt sie die wahren Freunde. Diese Freundschaften muss man bewahren und aufrechterhalten, denn zwei Menschen sind besser als nur einer. Gemeinsam erzielen sie ein besseres Ergebnis für ihre Arbeit. Wenn einer fällt, hilft der andere ihm wieder auf. Im Gegensatz dazu ist der, der allein ist, unglücklich. Wenn er fällt, gibt es niemanden, der ihm wieder aufhilft.

MOSE erlebte den Wert der wahren Freundschaft und beschloss, weitere Freundschaften zu schließen, insbesondere mit Pater JAMES, den er gerade in Altötting kennengelernt hatte.

Mittlerweile war in seinem Leben wieder alles normal geworden. Er fand im Gebet und durch die Unterstützung seiner Verwandten und Freunde wieder die Kraft weiterzugehen.

Wenn der Kopf frei ist, können wir zu etwas anderem übergehen. Die Trennung von GLADYS war jetzt Geschichte einer vergangenen Liebe. Jetzt wollte MOSE sein Herz Gott anbieten, dem einzigen, der das Herz nicht brechen kann, denn dem, den Er liebt, bleibt Er bis zum Ende treu.

Je mehr er über sein Leben nachdachte, desto klarer wurde ihm, dass sein Weg von nun an der sein würde, der zum Priestertum führt. Er bat Pater JAMES ständig um Rat, der ihn mit seiner Freude, die er ausstrahlte, tief prägte.

MOSES EINTRITT INS SEMINAR

Wenn sich im Leben eine Tür schließt, öffnet sich eine andere, oder damit sich eine andere öffnen kann, muss manchmal die vorherige geschlossen werden. Die Tür der Liebe zu GLADYS hatte sich geschlossen, aber die der Liebe zu Gott hatte sich geöffnet. MOSES Herz brannte in der Liebe zu Gott und zu ihm allein, nach Zeiten der Reflexion, guter Ratschläge, manchmal auch der Beleidigung oder Kritik von seinen Bekannten und einigen Freunden, die versuchten, ihn zu demotivieren, indem sie ihm die Freuden der Welt zeigten.

Wenn er Priester werden wollte, musste er seine Karriere als Anwalt und auch alle damit verbundenen Vorteile aufgeben.

Die Welt zu verlassen, um Jesus nachzufolgen, verlangt Opfer.

Aber alle diese Opfer, die gebracht werden müssen, schienen MOSE nicht zu groß zu sein, wenn es darum ging, dem Schöpfer zu folgen, von dem alles kommt, der uns alles gibt, was wir haben. Ihm, dem Schöpfer alles Guten, zu dienen, würde seine größte Freude sein.

Als er diese Nachricht seinen Eltern mitteilte, war es eine große Freude, sie hatten nichts gegen seine Entscheidung, Priester zu werden.

MOSE informierte Pfarrer ANTHON über seine Entscheidung und bat ihn, ihm zu helfen, Gottes Ruf zu folgen.

Auch Pfarrer ANTHON nahm diese Nachricht mit großer Freude auf und gratulierte MOSE zu seinem Mut trotz seines sozialen Erfolgs in der Welt als renommierter Anwalt.

Pfarrer ANTHON lud ihn ein, jeden Samstagmorgen mit der Pastoralgruppe die Laudes zu beten, um sich so auf das Leben im Seminar einzustellen. Sehr schnell wurde die Nachricht dem Ordinariat der Diözese Augsburg bekannt gegeben, wurden die Papiere vorbereitet und die Rückkehr für Anfang Oktober festgelegt.

MOSE war jetzt regelmäßig in der Kirche anzutreffen, und der Pfarrer vertraute ihm einige kleine Aufgaben als Lektor in der Messe an oder bat ihn, Messdiener zu sein.

Ganz Mering war überrascht, MOSES plötzliche Entscheidung trotz seines Riesenkarriereerfolgs zu sehen. Er wurde Gesprächsthema bei allen Versammlungen im Dorf.

In seinem Büro wurde die Entscheidung mit Traurigkeit und Angst aufgenommen.

Die Menschen konnten nicht verstehen, dass ein so intelligenter und kluger Mann, der alle Qualitäten hatte, in der Gesellschaft etwas voranzubringen, von einem Tag auf den anderen auf alle Ehren verzichtet, alle Vorteile aufgibt, die er genießt, um Priester in einer säkularisierten Gesellschaft zu werden, in einer Welt, in der alle darauf aus sind, alle Reichtümer dieser Welt zu haben, die schönste Frau zu haben, ein schönes Haus zu bauen, und in der die Priester beinahe ihre Würde in der Gesellschaft durch die verschiedenen Skandale verloren haben, für die die Kirche verantwortlich ist.

Man muss wirklich verrückt sein, um diese Entscheidung zu treffen. Ja, MOSE war verrückt nach Gott geworden, und was in seinem Inneren, in seinem Herzen vor sich ging, das sahen andere nicht.

Es ist eine unbeschreiblich große Freude, Gott zu dienen. MOSE machte diese Erfahrung, und all das Gute und Schöne auf dieser Welt sagte ihm nichts mehr, weil er sich entschieden hatte, den Schöpfer alles Guten mehr als die geschaffenen Dinge zu lieben. Er hatte sich entschieden, die ewigen Dinge mehr als die vergänglichen zu lieben. Um das verstehen zu können, muss man in einer anderen spirituellen Dimension leben.

Die Zeit, um ins Seminar zurückzukehren, rückte näher, und trotz aller entmutigender Worte blieb MOSE standhaft. An seiner Arbeitsstelle wurde ein Abschiedsfest für ihn organisiert. Alle waren gekommen, jeder hatte Abschiedsworte für ihn, die ganze Atmosphäre war düster. Alle waren anwesend, um bei der Abschiedsfeier ihres geliebten Chefs dabei zu sein. Ja, er war in der Arbeit sehr beliebt, er war ein Chef, der alle gleichbehandelte und keine Unterschiede machte zwischen Chef und denen, die ihm untergeben waren. Seine Einfachheit, seine Demut und die fröhliche Stimmung, die er verbreitete, wirkten sich positiv auf alle aus.

Ja, im Leben muss man sich durch diese guten Eigenschaften auszeichnen, und die Menschen müssen es spüren, wenn du nicht da bist. Dies ist der beste Beweis dafür, ein erfolgreicher Mensch zu sein: andere glücklich und froh zu machen und so für sie zu einem Vorbild zu werden. Alle waren traurig außer MOSE, der sich auf seine Abreise freute.

Jeder der Anwesenden hielt eine kleine Rede mit Dankesworten und Worten der Ermutigung für eine gute Zukunft für MOSE.

Um den Abend schön zu beenden, ergriff MOSE das Wort und dankte allen mit folgenden Worten:

„Liebe Freunde und Kollegen,

ihr seid ein Geschenk des Himmels für mich. Jeder von euch war für mich eine Chance zu sehen, wie sich jeder Mensch, unabhängig von seiner Herkunft oder seiner Hautfarbe, vom anderen unterscheidet und Talente hat, die andere nicht unbedingt haben. Bei euch, von euch habe ich gelernt, dass man allein nichts schafft, man zusammen aber stark ist. Ihr habt in mir den Stolz gebrochen zu denken, dass ich alles kann und mir allein genüge.

Ihr habt in mir die Annahme zunichtegemacht, anderen durch meine Intelligenz überlegen zu sein, indem ich herausfand, dass es noch Schlauere als mich gibt.

Ihr habt mir zur Einfachheit und Demut verholfen. Durch euch habe ich gelernt, in jedem Menschen, ob groß oder klein, arm oder reich, schwarz oder weiß, ein göttliches Licht, einen unerschöpflichen Reichtum zu sehen.

Letztendlich habt ihr mich gelehrt, was es heißt, wirklich Mensch, menschlich zu sein. Auf diese Weise habt ihr mir beigebracht, das Glück zu kosten.

Das wahre Glück ist, andere glücklich zu machen und ihnen nützlich zu sein. Von euch habe ich gelernt, mit Freude zu dienen. Wenn ich aber in meinem Dienst jemanden verletzt habe, bitte ich um Verzeihung. Niemand ist perfekt, auch ich nicht.

Man kann sich im Leben irren. Im Tiefsten meines Herzens denke ich, dass ich jetzt meine wahre Berufung gefunden habe, nämlich den Armen die Gute Nachricht zu verkünden, den Gefangenen die Befreiung und den Blinden das Augenlicht, die Unterdrückten in Freiheit zu setzen und ein Gnadenjahr des Herrn auszurufen.

Ich gehe, aber ihr seid in meinem Herzen. Ich habe gerade mein Gewand gegen die Soutane gewechselt.

Ich möchte Anwalt Gottes sein, um die Sache der Schwächsten und der am stärksten Benachteiligten zu verteidigen und einen Gott zu verkünden, der keinen Unterschied zwischen den Menschen macht. Ich möchte von nun an die Quelle der Gerechtigkeit zeigen, die Gott ist. Ja, ich möchte den Weg zum Himmel zeigen.

Liebe Kollegen, es ist mir schwer, dass ich euch hierlassen muss. Das Leben stellt uns jedoch immer wieder vor Situationen, die uns eine Wahl auferlegen. Sobald die Wahl getroffen ist, beginnt eine neue Lebensphase. Vielen Dank für eure Unterstützung und eure Freundlichkeit".

Mit diesen Worten beendete er seine Rede; der Rest der Zeit war dem persönlichen Gespräch gewidmet. Gegen 22 Uhr endete das Fest, die Tür einer Geschichte wurde geschlossen, sodass eine andere beginnen konnte.

Nach einer Woche Pause, Anfang Oktober, am Fest der Heiligen Theresia von Lisieux, packte MOSE seine Koffer und verabschiedete sich von seinen Eltern und seinen Freunden aus der Pfarrei und machte sich auf den Weg ins Seminar in Augsburg.

Er lernte andere junge Menschen mit unterschiedlichem Horizont kennen, die ihr Leben und ihre Jugend geben wollten, um Gott zu dienen.

Dann bezog er sein Zimmer und ordnete seine Sachen. Ein einfaches Zimmer mit einem Bett und einem Kleiderschrank, mit einer Bibel und einem Kreuz. Das war der ganze Komfort des Zimmers. Eine solche Nüchternheit, die bereits das Opfer ankündigt, das erforderlich ist, um den ganzen Luxus der Welt zu verlassen und Christus nachzufolgen.

Die Vesper hatte bereits begonnen und der Rektor, ein junger Priester, kam, um den Neuankömmlingen die Hausordnung zu erklären und die Älteren wieder daran zu erinnern: Man steht früh auf, um an den verschiedenen Gebeten des Tages teilzunehmen, man hält die vorgesehene Stille ein und hält sich an die Pünktlichkeit.

MOSE war sehr glücklich, Teil dieser Gruppe zu sein, die mehrere Nationalitäten umfasste, nämlich Inder, Afrikaner, Deutsche und vor allem Südamerikaner, Brasilianer, Ecuadorianer und Argentinier.

All diese Nationalitäten repräsentierten den Reichtum der Einen und Universalen Kirche, in der es keine Grenzen gibt, keine Unterschiede der Rasse und in der sich die Kulturen gegenseitig ergänzen, wo Solidarität herrschen soll oder herrscht, wo Brüderlichkeit gelebt wird wie in einer Familie und die Gleichheit unter allen die Regel ist.

Der Aufenthalt im Seminar hatte gerade erst begonnen. Alles war vorhanden, um froh zu sein, es gab Sporthallen, Räume für Rekreation und vor allem Orte der Stille, um sich auf das Studium zu konzentrieren.

Für das Theologiestudium kaufte sich MOSE Bücher über große Theologen, die vieles dokumentierten. Seine ganze Zeit widmete er der Lektüre, dem Gebet und seinen neuen Freundschaften.

Sehr schnell entdeckten die Professoren in ihm seinen Wissensdurst und vor allem seinen Ernst bei allem, was er in Angriff nahm. Es bestand kein Zweifel an seiner Berufung. Mit seiner Lebensweise und dem, was er sagte, wirkte er überzeugend.

Dieses Verhalten und vor allem seine Intelligenz brachte ihm die Bewunderung des gesamten Lehrerkollegiums ein, da er alles sehr schnell auffassen konnte. Für den jungen MOSE lief alles gut.

Trotz seines sozialen Ranges blieb er einfach in seinem Verhalten den jungen Leuten gegenüber, die gerade ihren Abschluss gemacht und keine Erfahrung in der Arbeitswelt hatten.

Aufgrund seiner Stärken und seiner Kompetenz im Zivilrecht zeichnete er sich im kanonischen Recht aus. Er verfolgte sein Masterstudium in Theologie und bereitete sich auch auf seine Promotion im kanonischen Recht vor.

Sein Studium für die Priesterausbildung verlief ohne jegliche Probleme. Er verstand es, sich seine Zeit gut einzuteilen, und fand trotz allem auch noch Zeit, um klassische Lieder auf dem Klavier zu spielen und sich dabei zu erholen. Was er machte, gelang ihm gut und sein Herz war in Frieden. Jedes Jahr bestand er mit guten Noten.

Während der Ferien half er in der Pfarrei mit. Mit den Kindern organisierte er hier und Trainingslager oder hielt ab und zu Einkehrtage ab. Immer wieder fand er die Zeit, dem afrikanischen Chor in der französischen Pfarrei in München zu helfen, indem er den Sängerinnen und Sängern Lieder beibrachte. Er gab sich mit Leib und Seele dem pastoralen Dienst hin und engagierte sich weiterhin wie früher für die Flüchtlinge, um ihnen die deutsche Sprache beizubringen.

In der Pfarrgemeinde war er sehr beliebt; wenn er nicht da war, war seine Abwesenheit in allen Bereichen zu spüren.

Während seiner gesamten Ausbildungszeit half er in der Pfarrei mit, das heißt, bis zum Ende seines normalen Kurses, bevor er ins Praktikum geschickt wurde, das es ihm ermöglichte, Diakon und dann Priester zu werden.

Langsam, aber sicher gingen die Jahre seines theoretischen Studiums zu Ende.

Um nun praktische Erkenntnisse zu gewinnen und weitere pastorale Erfahrungen zu sammeln, wurde er, wie es bei einem Praktikum üblich ist, in eine andere Gemeinde geschickt.

MOSES PRAKTIKUM, DIAKON- UND PRIESTER-WEIHE

Der junge brillante MOSE hatte gerade sein theoretisches Studium zu Ende gebracht und musste sich nun den täglichen und regelmäßigen Herausforderungen der Seelsorge stellen, um zu verstehen, was ihn erwarten würde.

Etwas Seltsames ist es für die Welt, dass es in der Kirche, in der die Freiheit der Kinder Gottes im Mittelpunkt steht, unmöglich ist, sich frei, ohne die Meinung der kirchlichen Hierarchie, für etwas zu entscheiden.

Die ganze Freiheit wird in die Hände des hierarchischen Vorgesetzten gelegt, der für die anderen entscheidet und auswählt. Dies ist der Gehorsam, der von der Theokratie kommt.

Somit konnte MOSE nicht wählen und selbst entscheiden, wo er sein Praktikum machen wollte.

Er, der einmal entschieden und befohlen hatte, was zu tun ist, musste jetzt tun, was entschieden wurde. Das ist das größte Opfer, das gebracht werden muss, wenn man Gott dienen will: seine Freiheit verlieren, um freier zu sein. Das hatte MOSE, bevor er sich auf den Weg des Priestertums machte, verstanden.

Man schickte ihn in ein Dorf unweit von Mering.

Die Ankündigung seines Kommens in der Pfarrei Sankt Andreas, die noch einige Filialkirchen hatte, war eine große Freude, zumal es dort wegen des Fehlens eines Priesters nicht jeden Tag eine Messe gab. Der alte Pfarrer dort hatte auf das Recht verzichtet, seinen wohlverdienten Ruhestand anzutreten, denn wenn er weggegangen wäre, wäre die Pfarrei wie andere benachbarte Pfarreien wegen Priestermangels geschlossen worden. Er diente also der Gemeinde, wie es sein Alter und sein Gesundheitszustand erlaubten. In der Pfarrei hatte er keine weiteren pastoralen Aufgaben, als die Eucharistie zu feiern.

Alles war vom Aussterben bedroht, junge Menschen waren in der Kirche mehr als selten, und die Bänke waren fast leer.

Aber die Ankunft von MOSE sollte das Schicksal einer ganzen Gemeinde verändern oder sogar ein ganzes Dorf wieder zum Leben erwecken.

An der Seite des alten Pfarrers STEPHAN, mit dem er in Gemeinschaft lebte, engagierte sich MOSE in der Pastoral.

Er reformierte die Gruppe der Ministranten, mit denen er Fußball spielte und Freizeitlager organisierte, er besuchte alte Menschen, um ihnen die heilige Kommunion zu bringen oder ihnen an ihrem Geburtstag die Grüße der ganzen Pfarrei zu übermitteln. Er half in den Filialkirchen, die Wortgottesfeiern, aber keine Messfeiern mehr hatten.

Seine Begeisterung, seine Freundlichkeit und sein tiefer Respekt vor heiligen Dingen, sein ausgeprägtes Verantwortungsbewusstsein brachten ihm sofort die Bewunderung der Gemeindemitglieder ein. Er wurde immer wieder in die Familien eingeladen und verbrachte viel Zeit in der Gesellschaft von Pater STEPHAN, der ihm als Ergänzung zum theoretischen Studium Ratschläge und Erfahrungen weitergab. Die beiden beteten sehr häufig zusammen und lebten miteinander in einer brüderlichen Atmosphäre.

In dieser Begeisterung wurde er zum Diakon geweiht und einige Zeit später zum Priester und Vikar der Pfarrei ernannt.

Seine Ordination war ein großes Fest. Er war sehr glücklich, mit seinen indischen und argentinischen Kameraden ordiniert zu werden. Leider hatte der einzige Deutsche aus der Gruppe, mit dem er sich sehr gut verstand, wenige Tage vor seiner Weihe zum Diakon es aufgegeben, Priester zu werden.

Das war ein schwerer Schlag für die ganze Gruppe. Aber der Kamerad hatte wählen müssen. Und diese Wahl war von der Liebe seines Lebens, die er am Ort seines Praktikums fand, geleitet und ihm auferlegt worden. Er hatte der Versuchung nicht widerstehen können. Hier schien die weibliche Verführung stärker zu sein als die göttliche. Er verliebte sich in das Mädchen, das er später heiratete. Und der zukünftige Pfarrer MOSE hatte das Privileg, bei der kirchlichen Eheschließung zu assistieren.

MOSE wurde zum Priester geweiht. Es erfüllte sich sein schönster Traum: Gott zu dienen, indem er Menschen glücklich macht. Es war die Freude seiner Eltern, die nie aufhörten, ihn zu ermutigen, ihm zu helfen und ihm ihre Liebe zu zeigen. Dieses Ereignis wurde im ganzen Dorf Mering bekannt, seine ehemaligen Arbeitskollegen, seine Freunde aus der Kindheit und Bekannte zeigten ihm ihre Bewunderung und Unterstützung. Niemand wollte diese Freude verpassen, denn das letzte Mal, dass ein Priester für die Aufgabe in der Pfarrei Sankt Michael geweiht wurde, lag 45 Jahre zurück.

MOSE war am Tag seiner Ordination und am Tag seiner der ersten Messe vom afrikanischen Chor umgeben, der die Messe mit Inbrunst, Kühnheit und unbeschreiblicher Freude belebte.

Der Sohn eines Flüchtlings machte einer ganzen Nation, einem ganzen Kontinent Ehre, indem er Priester wurde; er feierte aber nicht nur seine Priesterweihe, sondern auch seine Promotion in Kirchenrecht. Es war ein doppeltes Fest mit großer Emotion.

Die Nachricht verbreitete sich im ganzen Dorf, und für die Zeitungen war dies das Ereignis der Woche, das sie mit dem Titel überschrieben:

„Aus Afrika kann etwas Gutes kommen,

MOSE ist der Beweis dafür".

Die Person MOSE wurde zu einer Herausforderung, an die niemand gedacht hatte. Sein Name symbolisierte Erfolg, Ehre, Mut und Entschlossenheit.

Er wurde überall geschätzt und geliebt.

Nach dem Festtag, der so schnell vergangen war, begab sich MOSE in die Pfarrei Sankt Andreas, wo er zum Vikar ernannt wurde.

Zusammen mit Pater STEPHAN versuchte er, die Seele der Pfarrei durch eine dynamische pastorale Arbeit wieder zum Leben zu erwecken, indem er auf die nicht praktizierenden Christen zuging, damit auch sie den Weg in die Kirche fanden.

Nach einem Jahr Arbeit starb Pater STEPHAN am Tag vor Maria Himmelfahrt und wurde mit Ehren begraben; der Vikar MOSE wurde an seiner Stelle zum Pfarrer der Pfarrei ernannt.

PFARRER MOSE, EIN REFORMER IN DER KIRCHE

Nach der Trauerfeier für Pater STEPHAN übernahm Pfarrer MOSE die Leitung der Pfarrgemeinde.

In einer Pfarrei, zu der noch vier Filialkirchen gehörten, begann er mit Eifer und Liebe ein wahrer Hirte des Volkes zu sein. Er verschrieb sich vorbehaltlos der Hauptaufgabe der Kirche: der Rettung der Seelen. Als unermüdlicher Hirte versäumte er keine Zeit, die Kranken zu besuchen, ihnen die heilige Kommunion zu bringen und sie in ihrem Leiden mit aufmunternden und biblischen Worten zu trösten.

Seine Freude war es, andere glücklich zu machen; für ihn war kein Opfer zu viel, er verzichtete sogar auf seinen Urlaub, um Zeit für seine Gläubigen zu haben und sie zu besuchen.

In einer Zeit, in der alle von einem Termin zum andern hetzen und so gut wie keine Zeit mehr für persönliche Gespräche haben, hatte Pfarrer MOSE immer ein offenes Ohr für seine Leute, das heißt, für seine Pfarrangehörigen, die ohne Termine, ohne Vorankündigung vor seinem Büro standen und mit ihm sprechen wollten, und ihm ihre Sorgen und Nöte anzuvertrauen und nach dem Gespräch erleichtert und gestärkt wieder nach Hause gingen. Die aus gesundheitlichen Gründen nicht zu ihm kommen konnten, besuchte er mit seinem Fahrrad, seinem „blauen Flitzer", „seinem Mercedes", wie er es manchmal nannte. Wenn man irgendwo im Dorf an einer Hauswand sein Rad stehen sah, wusste man, Pfarrer MOSE ist wieder mal auf Tour.

Auch die Bettler und Obdachlosen freuten sich, dass er, wenn er bei ihnen vorbei kam, von seinem blauen Drahtesel abstieg und mit ihnen ein paar Worte wechselte, ihnen ein paar Münzen oder ein Gebäckstück gab, das er am Morgen von jemandem erhalten hatte. Schon von Weitem riefen sie ihm zu „jetzt geht die Sonne wieder auf" oder „jetzt kommt die Sonne Afrikas". Pfarrer MOSE hatte einen besonderen Blick für die, die so schnell übersehen werden. In seiner Gegenwart fühlten sich alle wohl und so angenommen, wie sie waren.

In kurzer Zeit kannte er fast alle Familien im Dorf und baute zu ihnen eine gute Beziehung auf. Er hörte ihnen zu und nahm ihre Ideen und Verbesserungsvorschläge für die Pfarrgemeinde auf.

Als Doktor des kanonischen Rechts wusste er um die Bedeutung und die Rolle der Laien in der Kirche. Oft gab er ihnen Gelegenheit, ihr Priestertum auszuüben, zu dem alle Gläubigen gemäß dem II. Vatikanischen Konzil berufen sind.

Ihm gelang es, dass die Gläubigen mit Lust und Freude jeden Sonntag zur Messe kamen. Seine Predigten rührten die Menschen an, da sie von den wirklichen Dingen im Leben, von Vergebung, Großzügigkeit, Gastfreundschaft handelten. Er half den Gläubigen, in ihrem täglichen Leben in der Wahrheit des Evangeliums zu wandeln. Seine ansprechenden und überzeugenden Predigten wollten alle hören, weil man darin Trost fand und verstand, was getan werden musste, um das ewige Leben zu erlangen.

Die Gläubigen wurden nicht müde, ihn predigen zu hören, und nie gab es jemanden, der in seiner Messe einschlief. Kurz gesagt, er war der Priester, der Hirte, den die Pfarrei brauchte. Oft ließ er sich vom Leben des Pfarrers von Ars inspirieren, dem Schutzpatron aller Pfarrer. Seinem Vorbild folgend wollte er die Gläubigen wieder Geschmack an der Beichte finden lassen, indem er immer wieder dazu einlud, das Sakrament der Versöhnung zu suchen, den Ort, an dem die Seele gereinigt wird und ihren reinen, ursprünglichen Zustand wiederfindet.

Pfarrer MOSE wusste aber auch, dass er sich nicht nur um andere, um die Seelen der anderen kümmern und seine eigene Seele dabei verkümmern lassen sollte, dass er vielmehr auch Zeit für sich und für Gott brauchte. Und so kam es nicht selten vor, dass man ihn in der menschenleeren Kirche vor dem Tabernakel beten sah. In diesen Augenblicken wagte niemand, ihn anzusprechen – man spürte, man wusste, jetzt hat ihr Pfarrer eine Audienz beim Höchsten.

Pfarrer MOSE lud auch andere zum Gespräch mit Gott ein und organisierte Anbetungsstunden, die gerne angenommen wurden. Am Samstagvormittag war das Pfarrzentrum immer ausgebucht. Jung und Alt kamen und wollten Woche für Woche einen weiteren Film über das Leben eines Heiligen sehen und danach miteinander ins Gespräch kommen und sich über das eigene Leben und den Glauben austauschen.

Die Pfarrei blühte auf, auch Gläubige aus anderen Pfarrgemeinden hatten von dieser lebendigen Pfarrei gehört und kamen.

Ein geschwisterliches Miteinander entwickelte sich auch mit der evangelischen Nachbargemeinde. Eine ökumenische Kreuzwegandacht und das gemeinsame Osterfrühstück nach der Aufer-

stehungsfeier in den beiden Kirchen sowie das gemeinsame Pfarr-
fest im Sommer waren in jedem Jahr willkommene Gelegenheiten,
miteinander zu beten und den gemeinsamen Glauben zu feiern.

Regelmäßig kommunizierte Pfarrer MOSE mit dem jungen
Priester JAMES, den er in Altötting kennengelernt hatte.

Pater JAMES war genauso wie er Doktor des kanonischen
Rechts; auch er hatte bemerkenswerte Ideen, wie Europa, das inzwischen Missionsland geworden war, wieder für das Christentum
begeistert werden könnte.

Bei diesen Gesprächen und Diskussionen riet Pater JAMES
ihm, den pastoralen Dienst seiner Gemeinde zum Wohl der Gläubigen zu reformieren und eine neue Jugendpastoral sowie eine Pastoral mit den Familien und eine Pastoral der Nähe aufzubauen, um
vor allem den jungen Menschen den Weg zur Kirche zu eröffnen.

JUGENDPASTORAL

Pfarrer MOSE war sich bewusst, dass die Jugend Europas Opfer der Säkularisation geworden war. Junge Menschen fehlen oft in der Kirche. Hauptgrund dafür ist, dass sie die Kirche ein wenig archaisch finden und sie sich von ihr nicht angezogen fühlen. Lieber verbringen sie den Sonntag mit Sport und Unterhaltung. Der Sonntag als der Tag des Herrn hat weitgehend an Bedeutung verloren. Der Verstand hat in Europa gesiegt und die Säkularisierung durch die Marginalisierung des Glaubens vorangetrieben.

Um jungen Menschen zu helfen, die Freude am Christsein wiederzuentdecken, tat Pfarrer MOSE sich mit einigen Jugendlichen zusammen und fing an, mit ihnen in der Pfarrei Fußball zu spielen, Ausflüge zu Wallfahrtsorten sowie Sommercamps zu organisieren. Auf ihren Vorschlag hin gründete er einen Jugendchor, der die Abendmessen für Studenten und Jugendliche belebte. Die Jugendlichen spielten Gitarre und trommelten zu den Liedern und Rhythmen der christlichen Moderne. Mal waren es Gospellieder, mal Lob- und Anbetungslieder im Rhythmus der Jugend.

Das sprach sich schnell herum und die Kirche füllte sich mit jungen Menschen, die von überall her kamen. Die Abendmesse für junge Leute wurde zur Tradition und es war wichtig, rechtzeitig in die Kirche zu kommen, um einen Platz zu finden. In dieser Dynamik organisierte er häufig auch Treffen und Konferenzen, die von jungen Menschen selbst geleitet wurden und brennende Themen der christlichen Gegenwart behandelten, darunter Abtreibung, Homosexualität, Zölibat der Priester, Priesterberufung, Vorbereitung auf eine christliche Ehe, der Platz junger Menschen in der Kirche, das Leben junger Christen angesichts sozialer Netzwerke und andere. Sie führten Diskussionen und Debatten und brachten Lösungsansätze für die verschiedenen Probleme ein, die Gesellschaft und Kirche beschäftigen. Durch das Engagement der Jugendlichen wurde das Gemeindeleben immer lebendiger.

Neben Messen für junge Leute organisierte Pfarrer MOSE einmal im Monat Messfeiern, bei denen der afrikanische Chor den Gottesdienst mit afrikanischen Liedern und Tänzen zu afrikanischen Rhythmen begleitete.

All dies ermutigte die Menschen, freiwillig zur Messe zu kommen; wenn sie danach wieder nach Hause gingen, waren alle glücklich und luden auch ihre Angehörigen ein, zum Gottesdienst zu kommen und ihre Ehe und auch die Taufe ihrer Kinder zu feiern. Nach der Messe lud Pfarrer MOSE die Gläubigen ein, noch etwas auf dem Vorplatz der Kirche zu verweilen, um sich gegenseitig kennenzulernen und sich über den Glauben auszutauschen und so miteinander als lebendige Kirche, als Familie Gottes zu leben.

Im Handumdrehen war die Pfarrgemeinde, die es in dem kleinen und fast unbekannten Dorf so gut wie nicht mehr gegeben hatte, wieder lebendig geworden und zog fortwährend Gläubige und junge Menschen an. Der Name des Pfarrers MOSE wurde von Tag zu Tag bekannter und stand für den Reformer.

FAMILIENPASTORAL

Eine andere Kategorie von Menschen, denen Pfarrer MOSE bei seinen pastoralen Aktivitäten Bedeutung beimaß, waren die Paare.

Er begann mit einer pastoralen Begleitung für junge Paare, die sich sehr oft nach der christlichen Eheschließung allein gelassen und ohne Begleitung durch die Kirche gefühlt hatten und sich so in ihrem Leben von einem Glaubens- und Gebetsleben entfernten, was sie als Paar anfällig und ihre Gemeinschaft zerbrechlich machte.

Da ihnen in Zeiten, in denen sie mit Problemen zu kämpfen hatten, ein spirituelles Fundament fehlte, ließen sie sich oft scheiden. Um dieses Problem zu lösen, lud er die Jungvermählten ein, als Paare Freundeskreise zu bilden, sich zu treffen und sich über ihre Erfahrungen und Lösungsansätze in ihren familiären Problemen auszutauschen. Häufig besuchte er sie, um sie kennenzulernen und mit ihnen ihre Freuden und ihre Schwierigkeiten zu teilen.

Er gründete auch eine Gruppe, die sich „Paar von Nazareth" nannte und lud Referenten zu verschiedenen Lebensbereichen ein, um den Paaren zu helfen, in Momenten des Missverständnisses in ihren Beziehungen fest zu bleiben und sich gegenseitig mit ihren Fehlern und Qualitäten zu akzeptieren.

Er motivierte sie vor allem, sich am Gemeindeleben zu beteiligen, sei es, indem sie einem Chor beitraten, sich einer Gruppe anschlossen, die sich für karitative Zwecke engagierte, oder dem Lektorenteam beitraten. Wichtig war ihm, dass der Glaube von konkreten Werken begleitet wurde.

DIE PASTORAL DER NÄHE

Zusätzlich zu diesen pastoralen Initiativen, die bereits das pastorale Feld erblühen ließen, wollte Pfarrer MOSE durch eine Pastoral der Nähe diejenigen erreichen, die über die Kirche, angesichts der Skandale verärgert waren, und noch nicht wieder den Weg zurück in die Kirche gefunden hatten.

Er ermutigte Christen, die im gleichen Ortsteil wohnten, sich regelmäßig bei einer der Familien zu treffen, um Glaubensideen zu entwickeln, christliche und soziale Erfahrungen auszutauschen, miteinander an Projekten teilzunehmen und sich gegenseitig in Solidarität und Brüderlichkeit zu helfen. Vor allem lud er sie ein, die heiligen Schriften zu lesen und füreinander zu beten. So teilten sie Freude und Schmerz miteinander.

Indem sie sich zu Gruppen zusammenschlossen, vermieden sie es, ein Leben des Individualismus, der Gleichgültigkeit und des Egoismus in ihrem Ortsteil zu führen. Durch ihr Beispiel und ihre gegenseitige Liebe angezogen, fanden auch Menschen, die nicht glaubten, den Weg in die Kirche und schlossen sich den Familienkreisen an.

Diese Initiative war in jeder Hinsicht ein Erfolg. Die regelmäßigen und geplanten Treffen in jeweils einer anderen Familie führten auch zu einem guten Zusammenhalt zwischen den Familien und zu schönen Freundschaften bei den Kindern. Taufe und Erstkommunion der Kinder wurden von allen Familien gemeinsam organisiert und gefeiert. Alle lebten als Glieder ein und derselben Familie, in der niemand zurückgelassen und ausgeschlossen wurde.

Das Evangelium, über das gepredigt wurde, wurde durch diese Struktur in die Praxis umgesetzt und lebendig, sodass das Reich Gottes wuchs und sich ausbreitete und Tag für Tag neue Anhänger hinzukamen.

PFARRER MOSES BEFÖRDERUNG IN DER DIÖZESE

Das Gute verbreitet sich ohne Lärm. So fand der große Erfolg in der Pastoral, die würdige Begleitung eines Priesters, der versuchte, mit den Gläubigen zu sein, ihre Freude und Sorge, ihren Zweifel und ihre Angst zu teilen und sie in ihrer Entmutigung zu motivieren, überall gute Resonanz und gelangte bis zur kirchlichen Hierarchie, die diese pastoralen Linien als wegweisend betrachtete.

Damit die gesamte Diözese Augsburg, das heißt, alle Jugendlichen, davon profitieren konnten, ernannte der Bischof auf Anraten seiner Berater Pfarrer MOSE zum Bischofsvikar, der für die Jugend der Diözese verantwortlich war.

Diese Ernennung wurde in allen Pfarreien mit großer Freude aufgenommen, da jeder Pfarrer MOSE als die richtige Wahl ansah und alle an seine Talente glaubten, dass er die Jugend mit Eifer zu mobilisieren verstand.

Trotz des ohnehin schon weiten pastoralen Feldes nahm Pfarrer MOSE die Nominierung mit Demut und Leidenschaft an und organisierte sich mit den Jugendlichen der Diözese für eine integrierte pastorale Arbeit, die als Arbeit von Jugendlichen für Jugendliche gedacht ist.

Er organisierte überall Konferenzen und Treffen für junge Leute und veranstaltete in fast allen Pfarreien Abendmessen für junge Leute.

So gewann er die Herzen junger Menschen, die früher den Tag des Herrn vernachlässigt hatten. Jetzt waren die Kirchen wieder voller junger Menschen, die engagiert und voller Eifer für den Glauben waren, die ihren Glauben überall verteidigten und versuchten, ihn ihrer Generation weiterzugeben.

Auch freuten sie sich und waren sehr glücklich, ihre Eheschließung zu feiern und kirchlich zu heiraten; vor und nach ihrer Eheschließung wurden sie gut begleitet. Einige wollten ihr Leben für die Sache Christi einsetzen, indem sie ins Priesterseminar eintraten, um Priester zu werden.

Die Klöster, in denen es keine Ordensschwestern mehr gab, füllten sich wieder mit Novizinnen. Alles begann zu blühen und der katholische Glaube, der von den ersten Missionaren ausging, fand eine neue Ära.

Dieser plötzliche Wechsel, den junge Menschen vollzogen, die früher in Diskotheken waren und jetzt zu Gebetsstunden kamen, beeinflusste sichtbar und spürbar auch das pastorale Leben der gesamten Diözese.

Um diese Flamme in den Herzen junger Menschen am Brennen zu halten, organisierte Pfarrer MOSE gemeinsam mit jungen Menschen einen Einkehrtag, an dem er eine Rede hielt, die die jungen Menschen nachhaltig berührte und beeindruckte. Er sagte:

„Liebe Jugendliche, was kann der Gerechte tun, wenn die Fundamente erschüttert sind?

Ihr seid die Hoffnung der Kirche, ihr seid das Erbe des christlichen Europa, das seit Jahrhunderten die Frohe Botschaft in die ganze Welt bringt.

Im Namen des Glaubens haben eure Urgroßeltern Europa verlassen, um an unbekannte Orte zu gehen und ein riskantes Leben zu wagen.

Sie lehrten die Menschen, an Gott zu glauben und zuerst das Himmelreich zu suchen und jeden Sonntag zur Messe zu gehen, in der Bibel zu lesen, regelmäßig zur Beichte zu gehen und das Böse zu meiden, um nicht eines Tages in die Hölle zu gelangen.

Ihre Mission hat reiche Frucht gebracht, und heute sind sie den europäischen Missionaren dankbar.

Aber in der Zwischenzeit wollte in Europa die Säkularisierung mit ihren antichristlichen Theorien wie ‚Gott ist tot' — wobei vergessen wurde hinzuzufügen, dass er auferstanden ist — oder ‚die Kirche ist Opium für das Volk', dieses schöne christliche Erbe auslöschen.

Die göttlichen Grundlagen für christliche und moralische Werte haben beinahe anderen unmoralischen Konzepten Platz gemacht, die im Widerspruch zum verkündeten Evangelium stehen.

Die Loyalität ist unter den Menschen verschwunden, und das Laster gewinnt gegen die Tugend. Die Suche nach dem Reichtum dieser vergänglichen Welt hat Vorrang vor der Suche nach dem Reich Gottes, die Kirchen sind leer, während die Fußballstadien und Discos voll sind, die Beichtstühle werden nur noch sehr selten aufgesucht. Die Sünde hat ihre Bedeutung verloren, und die Hölle gibt es nicht mehr, oder man will zumindest nicht mehr hören, dass es sie gibt.

Die Menschen versuchen, die Grundlagen Gottes zu erschüttern! Das Erbe eurer Vorfahren ist gefährdet.

Liebe Jugendliche, steht im Glauben fest, entzündet das Feuer des Glaubens in euch. Verteidigt mit Eifer und ohne Angst oder Scham den Glauben. Kehrt zur ersten Liebe eurer Jugend zurück. Lasst euch von der heutigen Welt nicht täuschen und widersteht mit Kraft und Entschlossenheit den vielfältigen Versuchungen der Technologie und den weltlichen Verführungen, die euch von Gott distanzieren und unglücklich machen.

Erneuert eure Beziehung zu Gott, indem ihr in der Bibel lest, und nutzt eure Stärken, eure Talente und eure Intelligenz und insbesondere eure Jugend, um euch für Gott zu engagieren.

Bringt der Kirche Europas, die Missionsland geworden ist, einen neuen Geist, ein neues Leben.

Die Kirche braucht Priester, um die Frohe Botschaft zu verkünden, die Kirche braucht Glaubenszeugen.

Die Kirche zählt auf euch und Gott braucht jeden von euch.

Ihr habt die Pflicht und die volle Verantwortung, die erschütterten und abgerissenen Fundamente wieder aufzubauen. Schreibt die christliche Geschichte Europas neu. Sagt mutig und im Glauben Nein zu den Lügen dieser Welt, sagt Nein zu den moralischen Abweichungen der Gesellschaft, denunziert das Böse, denunziert die Unterdrücker, um die Unterdrückten zu befreien, helft den Schwachen und nehmt nicht an den Werken der Dunkelheit teil, sondern arbeitet daran, damit das Reich Gottes auf Erden und in der Gesellschaft ankommt, seid Garant der Wahrheit und der Lehre der Kirche, die Mutter und Erzieherin ist. Schließlich, liebe Jugendliche, Zukunft der Kirche, ermahne ich euch mit dem Wort des Heiligen Paulus an seinen geistigen Sohn Timotheus:

‚Niemand soll dich wegen deiner Jugend gering schätzen. Sei den Gläubigen ein Vorbild in deinen Worten, in deinem Lebenswandel, in der Liebe, im Glauben, in der Lauterkeit. Lies ihnen eifrig aus der Schrift vor, ermahne und belehre sie, bis ich komme. Vernachlässige die Gnade nicht, die in dir ist und die dir verliehen wurde …'

Ja, liebe Freunde liebt Gott und liebt die Kirche. Gott nimmt nichts weg, aber er gibt alles. Möge Gott der Erste sein, dem ihr in eurem Leben dient, und alles andere wird euch dazugegeben".

Am Ende dieser Rede fühlten sich die jungen Leute angesprochen und ließen sich für die Sache Gottes begeistern. Es war ein Neuanfang für alle Jugendlichen.

Mit Entschlossenheit und Mut wollte jeder wichtiger Akteur bei der Neuevangelisierung Europas sein. Alle gingen glücklich weg und waren motiviert und in ihrer Vision bestärkt, Zeugen des Evangeliums bei ihren Freunden und in ihren Familien zu sein.

Sie gründeten daher in ihrer Gemeinde Bibelkreise und bildeten Gebetsgruppen. Sie trafen sich mit anderen jungen Menschen, um über das Wort Gottes nachzudenken und sich über ihre Erfahrungen in der Nachfolge Jesu auszutauschen. Sie halfen und ermutigten sich gegenseitig.

Vor allem hatten die Jugendlichen eine Erfahrung gemacht, die ihr Tun veränderte und prägte. Sie hatten verstanden, dass Gott sie unendlich liebt, dass Gott jeden von ihnen ganz persönlich liebt und dass auch sie, jeder Einzelne von ihnen, Bote dieser Liebe Gottes für andere sein kann. Und so begannen sie untereinander einen

Wettlauf der Liebe. „Immer und alle lieben", das nahmen sie sich vor. Um sich gegenseitig bei diesem Vorhaben zu unterstützen, schlossen sie miteinander den Pakt der gegenseitigen Liebe, das heißt, einander so zu lieben, wie es Jesus gelehrt hatte.

Jeder plante in seinem Wochenprogramm Zeiten ein, die er ganz bewusst anderen Menschen schenken wollte: Da war zum Beispiel die alte Nachbarin, die sich schwertat, den Weg zum nächstgelegenen Lebensmittelladen zu gehen – für sie gingen sie einkaufen; oder da war der kranke Mann, der immer traurig am Fenster saß und auf Besuch wartete – warum ihn nicht einmal die Woche mit dem Rollstuhl etwas spazieren fahren? Oder den Flüchtlingskindern im Dorf, die bei ihren Hausaufgaben Unterstützung benötigten, diese zu geben.

Pfarrer MOSE verstand es, die Jugendlichen immer wieder zu ermutigen, sie anzuspornen und ihnen Wertschätzung und Dank entgegenzubringen, oder sie mit einem guten Wort, einem Zuspruch zu trösten. Die Jugendlichen hatten verstanden, dass es in ihrem Leben darauf ankommt, eine persönliche Beziehung zu Jesus zu finden. Ein Weg dazu war, für andere da zu sein, hatte doch Jesus selbst gesagt: „Was ihr für einen meiner geringsten Brüder getan habt, das habt ihr für mich getan".

Natürlich gab es auch im Leben dieser Jugendlichen wie bei allen Menschen Rückschläge, Schwierigkeiten, Prüfungen, aber sie hatten beschlossen, dass sie sich nicht entmutigen lassen wollten. An einem Abend, nachdem sie wieder lange mit Pfarrer MOSE über Gott und die Welt gesprochen und Pfarrer MOSE ihnen aus seinem persönlichen Leben erzählt hatte, fassten sie den Beschluss, nach Niederlagen und Enttäuschungen nicht aufzugeben, sondern vielmehr aus jedem Hindernis ein Sprungbrett zu machen, wieder aufzustehen und neu zu beginnen beziehungsweise weiterzugehen.

Diese Begeisterung der Jugend für die Sache Christi wurde in der gesamten Diözese bekannt und begann allmählich, die anderen umliegenden Diözesen anzustecken.

So wurde die Diözesanorganisation junger Menschen zu einer interdiözesanen Organisation für eine bessere pastorale Arbeit zum Wohle junger Menschen in einer säkularisierten Gesellschaft.

Diese neue Art von Pastoral wurde von allen Bischöfen auf der Bischofskonferenz sehr wohlwollend aufgenommen, da sie erkannten, dass das geistige Erwachen in der säkularisierten Welt durch junge Menschen geschehen kann und muss, durch sie, die die Zukunft der Kirche sind und auf die die Kirche von morgen zählen kann.

Die Bischöfe hörten auf die Kritik junger Menschen in Bezug auf die Kirche und prüften ihre verschiedenen Vorschläge und überlegten, wie diese in die Praxis umgesetzt werden könnten für eine junge Kirche für junge Menschen.

MOSE ALS ERSTER SCHWARZER AFRIKANI-SCHER BISCHOF IN EUROPA

Das Schicksal eines jeden Menschen liegt in der Hand Gottes, der uns auf verschiedenen Wegen und angesichts vielfältiger Hindernisse und Prüfungen Erfahrungen im Leben machen lässt und uns Lektionen erteilt, um uns darauf vorzubereiten, zukünftige Aufgaben angemessen zu übernehmen.

Pfarrer MOSE schien durch seine Geschichte, seine Herkunft, seine Studien und seine reichen und weitreichenden Erfahrungen in der Welt und im pastoralen Dienst auf die große Mission, die ihn erwartete, vorbereitet zu sein.

Alle sahen in Pfarrer MOSE eine große Persönlichkeit für die Zukunft der Kirche.

Seine Qualitäten und Talente konnte niemand leugnen. Außer der Bewunderung, die er von den Gläubigen und auch den Geistlichen erntete, hatte er einen sehr umgänglichen Charakter und war immer für neue Beziehungen und Kontakte offen, wohin er auch ging, um Konferenzen abzuhalten.

Er reiste sehr oft nach Afrika und wurde auf seinen Reisen vor allem von jungen Menschen begleitet, um den Unterschied christlichen Lebens zwischen der Kirche in Afrika und der in Europa zu entdecken und daraus Lehren zu ziehen.

Dort in Afrika entdeckten die Reisenden eine junge und blühende Kirche: die zunehmende Zahl an Gläubigen, die wachsende Zahl der einheimischen Geistlichen und nicht zu vergessen die zunehmende Anzahl an Priesterberufungen.

Alles war das Gegenteil von dem, was in Europa passierte. Die Kirchen waren voll von Erwachsenen, Jugendlichen und Kindern, alles war von einer christlichen und familiären Atmosphäre geprägt.

All dies prägte Pfarrer MOSE zutiefst und stärkte seine Entschlossenheit, sich für die Sache der jungen Menschen als Basis für einen Neuanfang in der Kirche einzusetzen. Alle diese Ereignisse und Tatsachen haben ihn zu einem wachsamen, aufmerksamen und unermüdlichen Pastor zum Wohle aller gemacht, sodass er auch außerhalb der Grenzen seiner Diözese geschätzt und anerkannt war.

Im Leben der Diözese gab es ein Ereignis, das eine Veränderung in Bezug auf die Leitung der Diözese mit sich bringen sollte.

Der Bischof, der seit 20 Jahren die Diözese leitete, sollte sein bischöfliches Amt aufgrund seines fortgeschrittenen Alters von 75 Jahren gemäß kanonischem Recht niederlegen, und ein anderer solle seinen Platz für die Kontinuität der Arbeit einnehmen.

Als die Vakanz des Bischofssitzes angekündigt wurde, wünschten sich alle, insbesondere die jungen Leute, Pfarrer MOSE würde der künftige Bischof werden, was ein noch nie da gewesenes Ereignis in der Geschichte des gesamten christlichen Europas darstellen würde.

Dass ein Afrikaner Bischof einer Diözese in Europa wird, ist bisher undenkbar, aber das Gegenteil, dass ein Europäer Bischof in einer Diözese auf dem afrikanischen Kontinent sein kann, ist normal und kommt bis auf den heutigen Tag häufig vor.

Diese traurige Realität erschüttert die Einheit der Kirche, die normalerweise keine Grenzen kennt und als eine große Familie betrachtet werden muss. Trotz aller Erwartungen wurde der Wunsch der Jugendlichen nicht beachtet.

Da Rom nicht sofort einen Bischof ernannte, wurde für eine bestimmte Zeit ein Diözesanverwalter ernannt, der bis zur bischöflichen Ernennung alle Geschäfte führen sollte.

Angesichts des Einflusses, den die Persönlichkeit von Pfarrer MOSE auf den Klerus und insbesondere auf die Gläubigen zu haben begann, machte ihn der ernannte Diözesanverwalter zu seinem Berater und Fachberater in fast allen Bereichen der Diözese.

Auch hier erwies sich Pfarrer MOSE, vor allem, was die Administration der Diözese anging, aufgrund seiner Ausbildung zum Anwalt für Zivil- und Kirchenrecht als kompetent. Er nutzte diese Chance, die Diözese und die verschiedenen aktuellen Angelegenheiten besser kennenzulernen und auch zu verstehen, wie die gesamte Diözesanverwaltung konkret funktionierte. Er traf mit den großen Persönlichkeiten der Diözese zusammen. Trotz seiner afrikanischen Herkunft gab es kein Problem, im Gegenteil: Er setzte sich aufgrund seiner Fähigkeiten und Qualitäten durch. Auch dort erntete er Freundschaft und Bewunderung.

Durch sein freundliches Auftreten und das konstruktive brüderliche miteinander Arbeiten fiel er bei den Vorgesetzten auf, die ihn immer wieder lobten und sehr schätzten.

Alle sahen Pfarrer MOSE als ihren zukünftigen Bischof, während er selbst nie auf die Wünsche der Leute antwortete, die ihn als den nächsten Bischof von Augsburg sahen. Er antwortete nur mit einem bescheidenen Lächeln.

Nachdem die Diözese für einige Monate ohne Bischof war, wurde die Ernennung des Bischofs, der das Schicksal der Diözese führen sollte, bekannt gegeben.

Eine große Überraschung für alle, eine große und freudige Überraschung für einige, vor allem bei den Jugendlichen großes Erstaunen über diese Nominierung: Ein Schwarzer als Bischof in Europa? Das kann nur ein Traum sein, so dachten einige. Ja, es war ein Traum, ein Traum, der gerade wahr geworden war. Pfarrer MOSE war soeben zum neuen Bischof von Augsburg ernannt worden.

Die Nachricht wurde in allen lokalen Nachrichtensendern und auf der ganzen Welt ausgestrahlt. Insbesondere in Afrika war es ein starkes Zeichen, das durch die Universalkirche gegeben wurde und zeigte die Reife der Kirche Afrikas, eine missionarische Kirche gegenüber den Ländern zu sein, die Missionsland geworden waren.

Für die Journalisten und Pressesprecher hatte die Kirche durch die Ernennung eines Afrikaners an der Spitze einer europäischen Diözese ein Tabu gebrochen und ein Geheimnis preisgegeben, das seit Jahrhunderten zwischen Europa und Afrika bestand.

Das war der greifbarste und stärkste Ausdruck, die Einheit der Kirche zu zeigen und zu demonstrieren. Eine bunte Kirche, die keinen Unterschied zwischen den Menschen macht, eine Kirche, die Familie Gottes ist, in der Brüderlichkeit und Gleichheit die Regeln sind, die alle zu Brüdern und Schwestern macht.

Für die jungen Menschen, die dank Pfarrer MOSES Jugendpastoral den Weg zum Glauben wiedergefunden hatten, war seine Wahl ein Zeichen von Gott, das in der Kirche viele Veränderungen mit sich bringen und in bestimmten Punkten auch die göttlichen Grundlagen erschüttern sollte.

Auch die alten Priester begrüßte ebenfalls die Ernennung von Pfarrer MOSE und sah darin ein Zeichen, dem Klerus wieder jugendliche Frische zu verleihen.

Auch wenn diese Ernennung nicht die Zustimmung aller fand, was vor allem bei den konservativen Priestern der Fall war, so hatte doch Rom gesprochen und das war die Stimme Gottes. Die Gläubigen freuten sich über diese Nachricht, denn für sie war es ein neuer Anfang.

Aus Afrika kann auch etwas Gutes kommen, sagten sie. Das missionierte Afrika wird zum Missionar für das zu missionierende Europa. Es ist die Zeit der Ernte, und niemand kann sich weigern, das zu ernten, was gesät wurde. Wir ernten, was wir säen, das ist das Gesetz der Natur.

Das Kind armer Flüchtlinge wurde Garant für das Schicksal einer ganzen Diözese. Die Wahl Gottes überrascht immer wieder. „Er hebt die Schwachen aus dem Staub, er zieht den Armen aus dem Müllhaufen, um ihn bei den Fürsten einzusetzen, er installiert die sterile Frau als freudige Mutter im Haus".

Gott machte Pfarrer MOSES Leben zu einem einzigartigen Geschenk, um die Frohe Botschaft zu verkünden und Strategien zu finden, mit den Problemen umzugehen, die die Kirche in Bezug auf den mangelnden Glauben und den Priestermangel beschäftigten.

Pfarrer MOSES Kompetenz ließ keine Zweifel an einem guten Gelingen der ihm anvertrauten Mission. Alle wünschten ihm bereits viel Erfolg.

VOM FLÜCHTLINGSLAGER ZUR BISCHÖFLICHEN RESIDENZ

Nachdem die Ernennung zum neuen Bischof von Augsburg bekannt geworden war, zog sich Bischof MOSE zurück, um mit den Benediktinern im Kloster Metten zu beten und sich Zeit zu nehmen und in Stille über die Aufgaben und die Hoffnung zu reflektieren, die die Gläubigen in ihn setzten. Vor allem wollte er auf die Stimme Gottes hören und herausfinden, was die notwendigen und dringenden Reformen zum Heil der Seelen und zum Wohle der ganzen Kirche waren, und sich auf die Bischofsweihe vorbereiten.

Als der erwartete Tag der Bischofsweihe gekommen war, war der Augsburger Dom bis auf den letzten Platz gefüllt. Von überall her waren junge und alte Menschen sowie Kinder gekommen. Niemand wollte dieses so einzigartige Ereignis versäumen. Afrikanische Priester und Bischöfe reisten aus Afrika an, um ihren Bruder durch ihre Anwesenheit zu unterstützen und ihre Solidarität zum Ausdruck zu bringen.

Die Feier wurde sehr schön und harmonisch mit Tanzliedern zu den Rhythmen des afrikanischen Tam-Tam und zum Klang von Violinen und Gitarren von verschiedenen afrikanischen Chören sowie dem Augsburger Jugendchor und anderen speziell für die Feier angereisten Orchestern gestaltet.

Unter den Gästen waren auch seine Eltern DJIGBODI und MOKPOKPO, die nicht glauben konnten, mit eigenen Augen zu sehen, was aus ihrem Sohn geworden war, wenn sie an die dunkle Vergangenheit dachten, an all das, was sie erlebt und durchgemacht hatten, bis sie nach Europa gekommen waren.

Ihre Freude an diesem Tag war unbeschreiblich groß und übertraf all ihr Leiden, das sie erfahren hatten, als sie die Wüste durchquerten und übers Meer kamen. Ohne ihre Entschlossenheit und ihren Mut hätte die Diözese Augsburg das Weltereignis eines Schwarzafrikaners als Bischof und Reformer verpasst.

Neben ihnen kamen auch andere Eltern aus dem Dorf, die an diesem Ereignis teilnahmen, bei der die Enkel der Stolz aller sind, insbesondere der Stolz der ehemaligen Missionare und Katecheten, die ihr Land evangelisiert haben. Es war in der Tat eine Anerkennung der europäischen Mission in Afrika.

Auch GLADYS war da. Während der Feier weinte sie die ganze Zeit, nicht weil sie MOSE liebte, der nun Bischof MOSE geworden war, sondern weil sie sich über das freute, was aus ihm geworden war. Alles gelangt dem zum Besten, der Gott liebt. Gott hatte die Verweigerung ihres Vaters, sie mit MOSE verheiratet zu sehen, in eine größere Freude verwandelt.

Im Leben kennt niemand die Zukunft und was sie für ihn bereithält. Aber die Tatsache, alles, was kommt, still und mit Geduld trotz Schmerzen anzunehmen, trägt manchmal dazu bei, dass das geschieht, was für uns vorherbestimmt ist.

In Bischof MOSE entfaltete sich nun voll und ganz, was für seinen Lebensweg vorgesehen war, und auch GLADYS war in ihrem Haus mit ihren Kindern und ihrem Ehemann glücklich. Mit Bischof MOSE blieb sie in Verbindung und pflegte mit ihm eine gute Beziehung; später taufte er auch ihre Kinder.

Nach der Inthronisierung als Bischof von Augsburg dauerte das Fest bis spät in die Nacht hinein.

DIE HERAUSFORDERUNGEN DES NEUEN BISCHOFS

Nach den Feierlichkeiten war Bischof MOSE spät in der Nacht allein in seinem Zimmer und dachte immer wieder über die bischöfliche Aufgabe nach, die ihm übertragen worden war. Angst und Freude überkamen ihn, aber er vertraute sich der Gnade Gottes an, die ihn nie im Stich gelassen hatte.

An den darauffolgenden Tagen machte er sich daran, seine diözesane Kurie mit Leuten zu besetzen, die die entsprechenden Kompetenzen nachweisen konnten und auch tief im Glauben verwurzelt waren.

Seine erste Herausforderung bestand darin, eine angemessene Lösung für den bestehenden Priestermangel in den Pfarreien zu finden und die anderen bereits geschlossenen Pfarreien wieder zu öffnen, damit die Gläubigen ihre Freude am Kirchenbesuch wiedererfinden konnten.

Zu diesem Zweck wählte er als sein bischöfliches Motto: „Verkünde die Frohe Botschaft!".

In der Tat verursacht das Fehlen eines Priesters viele pastorale Probleme.

Einige sahen durch den Priestermangel eine Chance für eine Erneuerung der Kirche, für ein vertieftes Engagement von Laien darin, vor allem, den Zölibat des Priesters abzuschaffen und die Ordination von Frauen oder die Eheschließung von Priestern einzuführen. Andere sahen darin ein echtes Problem für die Seelsorge, da ohne Priester eine eucharistische Feier nicht mehr möglich sein wird, während die Kirche von der Eucharistie lebt.

Angesichts dieses Problems des Priestermangels schlugen Pastoraltheologen, Dogmatiker in unterschiedlichem Maße pastorale Lösungen vor, die manchmal gegen die Lehre der Kirche und insbesondere gegen das kanonische Recht verstoßen.

Um eine angemessene Lösung zu finden, wird es Laien erlaubt, Funktionen zu übernehmen, die auch ohne Ordination möglich sind. Vor allem junge Menschen werden ermutigt, ihr Talent in den Dienst der Kirche zu stellen.

Eine Lösung des Problems Priestermangel sah Bischof MOSE darin, dass die Kirche eine missionarische Kirche ist, die anderen Missionaren gegenüber offen ist, die je nach ihren Fähigkeiten zur pastoralen Arbeit beitragen können, um alle Kirchen wiederzubeleben. Sein Ziel war es, jeder Gemeinde einen Priester zu geben, der für die Seelsorge gebraucht wird und notwendig ist.

Also reiste er vor allem in die afrikanischen Diözesen, in denen es noch immer viele Berufungen zum Priestertum gibt und die genügend Priester hatten, die als Missionare entsandt werden und für eine bestimmte Zeit bei Priestermangel aushelfen konnten. Er unterzeichnete mit diesen Diözesen Verträge über einen bestimmten Zeitraum. Die Ergebnisse waren zufriedenstellend; jede Gemeinde bekam ihre pastoralen Aktivitäten zugeteilt, mit der von der Diözese ausgearbeiteten pastoralen Linie. Eine Pastoral der Nähe, in der die Priester jederzeit erreichbar und verfügbar sein müssen, um den Gläubigen zu helfen, diejenigen zu begleiten, die

spirituelle Hilfe benötigen und bei der Entwicklung der Familien-
seelsorge mitzuhelfen, damit der Glaube Wurzeln schlägt und von
Generation zu Generation in den Familien weitergegeben wird.

DER EINSATZ AFRIKANISCHER MISSIONARE FÜR EUROPA

Überzeugt, dass Priester nicht in allen pastoralen Bereichen durch Laien ersetzt werden können, da jeder innerhalb seiner Grenzen seine Rolle im großen Missionsfeld der Kirche spielt und die Wiederbelebung des kirchlichen und christlichen Lebens in einer säkularisierten Welt Zeugen und Verkünder der Frohen Botschaft braucht, gründete Bischof MOSE mit einer bestimmten Anzahl afrikanischer Bischöfe im Zeichen der Zusammenarbeit und Kooperation die Gesellschaft der europäischen Missionen.

In ihr sind junge Priester vertreten, die die Berufung haben, Missionar zu sein und nach Europa geschickt werden mit dem Ziel, die Frohe Botschaft zu verkünden, damit Europa seine christliche Wurzel wiederentdeckt.

Unter den Laien fand er auch eine Gruppe, deren Charisma es ist, um Priesterberufungen zu beten, zumal er selbst von der Kraft des Gebetes überzeugt war.

Auch suchte er Spender und Menschen guten Willens, um Seminare für die Ausbildung von Priestern zu bauen. Trotz einiger Widerstände aus den Reihen der Geistlichen wurde das Projekt geboren.

In kurzer Zeit wurde das Projekt mit der Eröffnung eines ersten Seminars realisiert, an dem im ersten Jahr mehr als hundert Seminaristen teilnahmen, die sich darauf vorbereiteten, als Missionare in die Diözese Augsburg geschickt zu werden und dort Erfahrungen zu sammeln. Später gewann er alle europäischen Diözesen, die sich aufgrund des Mangels an Priestern in einer Missionssituation befanden und die Hilfe der afrikanischen Missionsgesellschaft für Europa erhalten wollten.

Ein besonderes Augenmerk wurde auf die Ausbildung zukünftiger Missionare gelegt.

Abgesehen von der philosophischen und theologischen Ausbildung wurde besonderer Wert auf die Missionsausbildung gelegt.

Diese Missionsausbildung berücksichtigte die pastorale Realität im Kontext der Diözesen und erstreckte sich auf eine Vertiefung der Studienfächer Beherrschung der Sprache, Kenntnis der Mentalität und Kultur der Länder.

Zusätzlich zu der theoretischen Ausbildung wurde ihnen eine praktische Ausbildung durch verschiedene Praktika und Erfahrungen in den betreffenden Ländern angeboten, um die Realitäten vor Ort konkret zu erleben und später nach der Priesterweihe dorthin geschickt zu werden.

Sie machten sich daher mit den pastoralen Vorgaben vertraut, die eine Wiedergeburt des christlichen Glaubens in Europa bewirken sollten. Sie kümmerten sich um die Jugendpastoral, besuchten Familien und brachten eine neue Dynamik in die christliche Lebensweise.

Sie organisierten Bibelabende, um den Gläubigen zu helfen, den Glauben besser zu verstehen und ihn konkret zu leben und vor allem, um ihn an die nächsten Generationen in den Familien weiterzugeben. Sie folgten somit den Worten des Gründers, der sie, bevor sie in die Mission zogen, an das oberste Ziel ihrer Mission erinnerte:

„Liebe junge Leute, liebe Jugendliche, ihr habt diese großartige Mission angenommen, alles zu verlassen, um weit weg von eurer Heimat die Frohe Botschaft nach Europa zu bringen.

Früher kamen europäische Missionare, um eure Eltern zu evangelisieren. Sie begleiteten die Evangelisation mit guten Werken, indem sie wunderschöne Kirchen, Schulen und auch Krankenhäuser bauten. Ihr seid die Frucht dieser missionarischen Evangelisierung.

Mit der Gabe eures Lebens als Missionare schreibt ihr wiederum die Geschichte einer afrikanischen Missionskirche. Ihr seid das Zeichen der Anerkennung der Kirche in Afrika gegenüber der in Europa.

Als die europäischen Missionare nach Afrika gegangen sind, war dies in einem Kontext geschehen, in dem die Frohe Botschaft von Jesus Christus nicht bekannt war, obwohl Afrika zutiefst religiös war und an einen allmächtigen und Schöpfergott glaubte.

Ihr geht im Kontext der Säkularisierung der europäischen Gesellschaft nach Europa.

Eure Aufgabe ist es nicht, Kirchen zu bauen, davon gibt es bereits sehr schöne, nur sind sie leer. Ihr müsst keine Schulen bauen, diese gibt es schon, nur steht die christliche Erziehung mit der Ethik in Konkurrenz und manchmal hat das Kruzifix im Namen des Säkularismus keinen Platz mehr in den Schulen.

Ihr müsst keine weiteren Heiligtümer bauen, sie gibt es beinahe an jeder Ecke, aber anstatt Orte der Heilung und Begegnung mit Gott zu sein, werden sie zu touristischen Orten und Orten des Vergnügens.

Eure Aufgabe ist es, Christus zu verkünden, den Menschen durch eine Pastoral der Nähe nahe zu sein, den Menschen den Geschmack für den Glauben wieder zu geben und Menschen zu gewinnen, die den Glauben praktizieren.

Füllt die leeren Kirchen und bringt Christus in die Familien.

Tröstet die Schwächsten und lehrt sie, die Ewigkeit zu lieben, indem ihr sie daran erinnert, auf der Erde nicht so zu leben, als ob es den Himmel nicht gäbe, damit sie zwischen der Vergänglichkeit und der Ewigkeit unterscheiden können.

Sie wollen nichts mehr von der Hölle hören, aber sie lieben den Himmel.

Sie glauben an Engel, leugnen aber die Existenz des Teufels und die Sünde wird relativiert.

Gewinnt sie durch eure positiven Einstellungen und euer gutes Beispiel.

Wiederholt ihnen, dass sie nicht am Reichtum festhalten und den ablehnen, der reich macht und dass sie die Kreaturen nicht mehr lieben als ihren Schöpfer.

Erschließt ihnen die Kraft der Sakramente für die Rettung ihrer Seele. Begleitet die Schwächsten mit biblischen Worten.

Verbindet die Wunden derer, die durch die Skandale der Kirche verletzt wurden, und sagt ihnen Worte der Hoffnung. Kurz gesagt, seid wahre, seid echte Hirten."

ZEIT DER ERNTE: RENAISSANCE DES GLAUBENS

Mit diesem Wort als roter Faden ihrer gesamten Mission wurden viele dieser jungen Missionare für Europa in die Diözese Augsburg geschickt. Dadurch wurde es möglich, geschlossene Kirchen wieder zu öffnen und jeder Gemeinde einen oder zwei Priester zur Verfügung zu stellen.

Sie gaben sich mit Leib und Seele der Pastoral der Nähe hin, um eine perfekte Seelsorge zu organisieren, die für junge Menschen attraktiv und für ältere Menschen zufriedenstellend war.

Sie führten neue Strategien für die Evangelisierung ein, Familien fühlten sich in ihrem Glauben begleitet und unterstützt und getröstet in ihrer Suche nach der Wahrheit des Glaubens.

Junge Menschen fanden sich in einer jungen Kirche wieder, die die jungen Menschen verstand und ihnen zuhörte und ihnen durch Konferenzen und Treffen zu einer Vertiefung ihres Glaubens verhalf.

Langsam und immer mehr brachte die Pastoral der Nähe ihre Früchte und führte zu einem Erfolg. Die Kirchen füllten sich und es gab wieder mehr Messen. Es gab Messfeiern für Erwachsene, Kindermessen und vor allem Gottesdienste für junge Menschen. Die einst geschlossenen Kirchen öffneten ihre Türen wieder, langsam blühten die Priesterberufungen wieder auf, denn viele junge Menschen fühlten sich angezogen von der Freude der eifrigen und unermüdlichen jungen Missionare, die für die Sache des Herrn und für die neue Evangelisierung Europas lebten. Es gab Dutzende von

Priesterweihen und junge Mädchen entdeckten die Freude wieder, dem Herrn mit der Gabe ihres Lebens in Klöstern zu dienen.

Die christlichen Ehen nahmen zu und die langen Schlangen von Menschen, die das Sakrament der Beichte empfangen wollten, zeigten eine stetig wachsende Liebe für den Empfang der Sakramente. Die Wüste blühte wieder, aus der Asche der Säkularisierung wurde das Leben des aktiven Glaubens neu geboren.

Diese Art von Pastoral bewährte sich. Der Glaube hielt in den Herzen vieler wieder Einzug, viele wandten sich dem Christentum zu, diejenigen, die die Kirche aufgrund ihrer zahlreichen Missbrauchsskandale oder ihres schlechten Wirtschaftsmanagements verlassen hatten, fanden den Weg in die Kirche zurück und begannen sie zu lieben.

Das war eine neue Kirche, in der durch das Wirken des Heiligen Geistes ein neuer Wind wehte. Die Säkularisierung mit ihren antichristlichen Theorien und ihren unmoralischen Lebensweisen bekam weniger Gewicht, Sport und Unterhaltung gab es weiterhin, aber auch die Kirchen füllten sich. Der muslimische Einfluss, der in der Zwischenzeit durch die Flüchtlinge groß und bedrohlich geworden war, hatte abgenommen, da die Menschen beschlossen hatten, das Erbe ihrer Väter im Glauben, auf dem ihr Land aufgebaut worden war, sorgfältig zu hüten.

Diese Veränderung in der Kirche füllte die Schlagzeilen in den Nachrichten und wurde Gegenstand statistischer Studien und Auswertungen. Die neue pastorale Strategie und die geschätzte Arbeit dieser jungen afrikanischen Missionare verliehen dem Christentum in Europa neue Energie.

Dieses missionarische Beispiel revolutionierte die gesamte Seelsorge in Europa. Anfragen nach afrikanischen Missionaren kamen von überall her. So empfingen alle Länder, die aufgrund des Priestermangels Missionsländer geworden waren, wohlwollend die afrikanischen Missionare.

Die einzelnen Länder erlangten ihre christliche Identität wieder, der Glaube begann wieder eine Rolle zu spielen, die Begeisterung für die Seelsorge, das Engagement für ein christliches Leben und für die Sendung der Kirche wurden neu entdeckt.

Im Leben braucht man immer etwas mehr als nur sich selbst, denn niemand ist sich allein genug. Die Reichen brauchen vielleicht die Armen genauso wie die Armen die Reichen. Die Anerkennung des Guten, das man von anderen erhalten hat, ist mehr als eine moralische Pflicht, es ist eine christliche Haltung. Und die Demut, Hilfe von einer armen Person oder von jemandem zu erhalten, dem gestern geholfen wurde, ist ein Zeichen von Reife und Verantwortung. Europa hat die Mission gesät und Missionare geerntet. Das missionierte Afrika ist zum Missionar geworden, um seine Geschichte in der Kirche zu schreiben und die Missionsgeschichte durch seine Fähigkeiten, seinen kulturellen, moralischen und spirituellen Reichtum zu prägen.

Es ist mehr, Freude zu geben, als zu empfangen, sagt man.

Diese Chance, die die Mission bietet, macht die Kirche in Afrika nicht nur zu der, die ihre Hände öffnet, um zu empfangen, sondern auch zu der, die Solidarität und Brüderlichkeit in Not geben und zeigen kann.

BISCHOF MOSES LETZTE TAGE

Es gibt keine größere Freude im Leben als die Erfüllung des Traums, im Leben erfolgreich zu sein und zu verstehen, was die eigene Bestimmung im Leben ist. Die Hauptsache ist, glücklich zu sein, aber noch wichtiger ist es, andere glücklich zu machen, denn das ist die einzige Quelle und das einzige Zeichen des Glücks.

Bischof MOSE war in seinem Leben und in seiner Berufung glücklich, indem er alles für die Mission gegeben hatte. Als unermüdlicher und eifriger Hirte reformierte er die Kirche Europas; mit seiner neuen Entwicklung und seiner Strategie, einer Pastoral der Nähe, führte er Europa aus der immer größer werdenden Verweltlichung heraus und machte durch die afrikanische Mission einen Neuanfang möglich.

Trotz der vielen Hindernisse und Entmutigungen blieb Bischof MOSE standhaft, indem er seine Kraft aus dem Gebet und dem Zuhören anderer schöpfte. Denn Weisheit, so sagt man, ist wie der Stamm eines Baobab-Baumes, den niemand allein umarmen kann.

Er blieb in seinen Schritten optimistisch und in Stürmen mutig. Am Ende brachte seine Arbeit Früchte hervor, die ein Leben lang anhalten und die die Geschichte allen Generationen erzählen werden.

Es gelang ihm, Afrika davon zu überzeugen, Missionar zu werden; Europa hatte er die Möglichkeit gegeben, afrikanische Missionare willkommen zu heißen.

Seine Eltern und alle seine Verwandten waren sehr stolz auf ihn. Sie lebten in der Freude, ihren Sohn als Frucht ihres Mutes nach Europa zu kommen zu sehen, indem sie den Gefahren der Wüste, den Ängsten in den Wäldern, den Stürmen des Meeres, der Bosheit und der menschlichen Ungerechtigkeit trotzten und so zu wichtigen Akteuren in der Mission der Kirche wurden. Der Stolz der Eltern ist es, zu sehen, wie ihre Kinder erfolgreich sind und sich weiterentwickeln. Bischof MOSE schrieb nicht mehr die Namen seiner Eltern in die Geschichte. Aus dem Nichts waren sie zur Quelle des Guten in einem fremden Land geworden.

Die illegale Einwanderung, so wenig sie verstanden oder geschätzt werden kann, kann auch positive Seiten in der Gesellschaft haben. In der Tat geht es um Männer und Frauen, die es satthaben, arm zu leben und Ungerechtigkeiten zu erleiden und die in anderen, mehr oder weniger gut organisierten Ländern versuchen zu leben, anstatt zu überleben, und sich im Schweiße ihres Angesichts den Lebensunterhalt verdienen. Sobald ihnen diese Gelegenheit gegeben wird, können sie zum Wohl ihres Herkunftslandes, insbesondere aber ihres Bestimmungslandes, beitragen. Dies war der Fall bei Bischof MOSES Eltern, die der Kirche durch ihren Sohn einen Reformer geschenkt haben.

Man muss jedem die Chance geben, dass sein Leben gelingt. Er begrub seine Eltern, die man als Helden betrachtete. Sie hatten nie aufgegeben, waren nie umgekehrt oder hatten sich angesichts der schwierigsten und qualvollsten Situationen im Leben nie entmutigen lassen. Sie begegneten den Kämpfen mit Ausdauer und Entschlossenheit bis zum Ende, um ihren Platz unter der Sonne zu finden und glücklich zu sein.

Sie hatten verstanden, dass das Leben ein Kampf ist, denn wer nichts wagt, hat nichts. Ihr Leben war nicht nutzlos, sinnlos. Ihre

Erinnerung als eine kämpfende Familie ist in die Annalen von Mering eingegangen und war für die Afrikaner, die ins Dorf kamen, ein leuchtendes Beispiel.

Bischof MOSE nahm auch an der Hochzeit seiner kleinen Schwester teil, die einen Deutschen heiratete. Das widersprach dem, was die Leute für eine glückliche und erfolgreiche Ehe hielten. Die Schwester gebar schöne Kinder und es herrschte Harmonie in der Familie.

Er sah die Früchte seiner Arbeit durch den Mut der Missionare, die den Winter ertrugen und gelernt hatten, mit der europäischen Kultur zu leben. Er sah, wie die Kirche in Europa, die durch die Säkularisierung zerschlagen und durch den Verlust des Glaubens durch antichristliche Philosophien und das Fehlen an Priestern bedroht war, zu neuem Leben erwachte. Die Ordination einheimischer Priester nahm zu. Sie nahmen die Zukunft der Kirche Europas in die Hand.

Bischof MOSE, der **Reformer**, starb mit einem frohen Herzen; er hatte ein neues Europa gesehen, ein christliches Europa, das erneut Missionare in die ganze Welt sandte.

Zeitfracht Medien GmbH
Ferdinand-Jühlke-Straße 7
99095 Erfurt, Deutschland
produktsicherheit@kolibri360.de